Corazón tatuado

Andrea Laurence

Editado por Harlequin Ibérica.
Una división de HarperCollins Ibérica, S.A.
Núñez de Balboa, 56
28001 Madrid

Corazón tatuado, n.º 2116 - 6.9.18
Título original: Little Secrets: Secretly Pregnant
Publicada originalmente por Harlequin Enterprises, Ltd.

I.S.B.N.: 978-84-9188-243-5
Depósito legal: M-22096-2018
Impresión en CPI (Barcelona)
Fecha impresion para Argentina: 5.3.19
Distribuidor exclusivo para España: LOGISTA
Distribuidor para México: Distibuidora Intermex, S.A. de C.V.
Distribuidores para Argentina: Interior, DGP, S.A. Alvarado 2118.
Cap. Fed./Buenos Aires y Gran Buenos Aires, VACCARO HNOS.

Prólogo

Todo el mundo estaba bailando y pasándolo bien. Todos, menos Emma. Aunque eso era lo habitual. Emma Dempsey había olvidado hacía mucho tiempo lo que era la diversión.

Después de su reciente ruptura, estaba empezando a pensar que la culpa era suya. Su ex, David, le había dicho que era aburrida dentro y fuera de la cama. Ella había cometido el error de contárselo a su amiga Harper Drake y, de la noche a la mañana, se había visto arrastrada a una fiesta de carnaval en un ático.

Había intentado mentalizarse para pasarlo bien. Se había puesto una bonita máscara de mariposa y una falda apretada, pero se sentía como pez fuera del agua en ese tipo de reuniones. Quizá, debería llamar a un taxi e irse para no echarle a perder la noche a Harper. Con aire ausente, posó la vista en la mesa de las bebidas. Sumergirse en el tequila para no pensar era su segunda opción, se dijo.

Emma sabía que tenía que tomar una decisión. Podía irse a casa y unirse a un club de solteronas a la tierna edad de veintisiete años o podía agarrar el toro por los cuernos y divertirse, por una vez en su vida.

En un arranque de valor, dejó su plato y se dirigió a la mesa de las bebidas. Se preparó un trago sabiendo que una vez que diera el salto, no habría vuelta atrás.

«Estar contigo es como salir con mi abuela». El doloroso recuerdo de las palabras de David le dio el empujón que necesitaba. Sin titubear, lamió la sal, se bebió el chupito y succionó la rodaja de limón para quitarse el sabor del licor. Le quemó la garganta y el estómago, inundando su cuerpo al instante de una deliciosa calidez. Sintió que se le relajaba. Una sonrisa de satisfacción le asomó a los labios. Se sirvió un segundo chupito, cuando oyó que alguien se acercaba. Al levantar la mirada, confirmó sus peores temores.

–Hola, guapa –le susurró un hombre con máscara de Batman.

El cumplido le sonó vacío a Emma, teniendo en cuenta que llevaba el setenta y cinco por ciento del rostro cubierto con una máscara. Con un suspiro, se tragó el segundo chupito, prescindiendo del limón y la sal. Ignorando al recién llegado, comenzó a servirse otro.

–¿Te gustaría bailar? Conozco unos pasos muy calientes.

Emma lo dudaba.

–No bailo, lo siento.

Batman frunció el ceño.

–Bueno, entonces, ¿quieres que vayamos a algún sitio tranquilo y oscuro donde podamos… hablar?

A Emma le recorrió un escalofrío. Ya era bastante desagradable estar cerca de ese hombre en medio de una fiesta. Imaginarse con él a solas en la oscuridad le resultaba repugnante.

–No, he venido acompañada, lo siento.

Batman se enderezó, emanando rabia con su lenguaje corporal.

–¿Con quién?

Justo cuando ella abrió la boca para responder, alguien se acercó por detrás y posó en sus hombros unas manos sólidas y cálidas. Se inclinó hacia delante y la besó en la mejilla.

Batman, al fin, reculó.

–Hola, tesoro, siento llegar tarde –le susurró una voz masculina al oído.

Emma se contuvo para no apartarse de aquel segundo espontáneo no deseado. Por la forma en que él le apretaba los hombros, parecía estar rogándole que cooperara. Al parecer, estaba intentándola salvar de Batman. Aliviada, se volvió hacia él para saludarlo.

Vaya. Era más alto de lo que había esperado, casi un metro noventa. Emma le siguió el juego. Se puso de puntillas y lo besó en la boca, que era la única parte del rostro visible tras una máscara veneciana oro y verde.

En cuanto sus labios se tocaron, la electricidad del beso hizo que le temblaran las rodillas. Al instante, sus sentidos se vieron invadidos por un masculino aroma a jabón y a colonia especiada. Sus labios la incendiaron como el fuego.

Emma no estaba segura si era culpa del tequila o del beso, pero de pronto se sintió demasiado consciente de su cuerpo. El pulso se le aceleró, junto con la respiración. Sin proponérselo, se pegó a él. Tenía que ser culpa del tequila, pensó. No era de extrañar que la gente se metiera en tantos líos a causa de la bebida.

Recuperando el sentido común, ella se apartó al fin, separando sus bocas. Sin embargo, el extraño no la soltó aún. Batman debía de estar observándolos.

–Te he echado de menos –dijo ella, apretándose contra él.

El hombre la abrazó contra su fuerte pecho. Acercó la cara para inhalar el aroma de su pelo.

–Ya se ha ido –le susurró él al oído–. Pero nos está mirando desde el otro lado del salón. Tendrás que ser convincente, si no quieres que vuelva.

Emma asintió y se apartó un poco, lo suficiente como para alargar la mano y limpiarle un poco del carmín con que había manchado los labios de su defensor. Fue un gesto íntimo y bastante convincente, estaba segura. Además, así pudo mirarlo mejor. La máscara le tapaba casi todo el rostro, por lo que solo podía comprobar que era alto, fuerte y tenía una radiante sonrisa.

–¿Estamos tomando los chupitos de tequila?

–Yo, sí, pero creo que ya he terminado –repuso ella, pensando que si seguía representando su papel en esa improvisación iba a meterse en problemas.

–No te rindas tan pronto –dijo él y se sirvió un chupito. Con una pícara sonrisa, le lamió un pedazo de piel encima del escote.

Emma contuvo el aliento, con la respiración acelerada. Su mente le decía que debía detenerlo, pero su cuerpo estaba paralizado.

El hombre titubeó con el salero en la mano. Entrelazó su mirada azul con la de ella, como si estuviera esperando su permiso. Eso era justo lo que Emma había deseado hacer esa noche, aunque no lo hubiera sabido ni ella misma. Las abuelas no tomaban chupitos de tequila con extraños en las fiestas. Pero se había quedado sin palabras. Solo pudo echar la cabeza hacia atrás para dejar que él le pusiera un poco de sal sobre la curva de los pechos y le colocara una rodaja de limón delicadamente entre los labios.

El desconocido se acercó con el vaso en la mano. Al sentir su aliento cálido, el cuerpo de ella se estremeció de anticipación. La lamió despacio, llevándose cada grano de sal con la lengua. A continuación, se bebió el tequila de un trago. Y dejó el vaso.

Emma se puso tensa, sin saber qué hacer, aparte de quedarse quieta cuando él la sujetó de la nuca y acercó sus labios. La rozó con suavidad, antes de morder y succionar la rodaja de limón. Su jugo se deslizó en la boca de ella antes de que él le quitara la cáscara con los dientes.

Los dos dieron un paso atrás al mismo tiempo. Emma había tenido que hacer un gran esfuerzo para no gemir ante su contacto. Su mejor opción era zafarse de la situación antes de que perdiera por completo el control, se dijo. Sin duda, su rostro debía de estar sonrojado por la vergüenza y la excitación.

Entonces, se llevó la mano a la cara y recordó que llevaba puesta la máscara de carnaval. Así, no había manera de que el desconocido supiera que estaba colorada. Aunque fuera solo por esa noche, era una persona anónima.

Sin pronunciar palabra, él levantó el vaso de ella de la mesa y se lo tendió en una silenciosa oferta. Era su turno.

Una rápida mirada le confirmó a Emma que Batman había desaparecido. No había razón para seguir con el espectáculo. Aunque no quería parar.

–Ya se ha ido –dijo ella, dándole la oportunidad de dejar de fingir.

–Lo sé –repuso él, mientras le tendía el salero.

Teniendo en cuenta que llevaba una camisa negra

de manga larga, la única parte de piel con la que podía jugar era su cuello. Se puso de puntillas, se inclinó y le trazó un camino con la lengua desde la nuez hasta el borde de la mandíbula. Notó cómo el pulso de él se aceleraba y percibió el aroma varonil de su piel. Poseída por el deseo, más tiempo del necesario para inspirar su aroma y poder recordarlo siempre.

–Toma –dijo él, agachándose de rodillas para que le colocara la sal, mientras la sujetaba de las caderas y la miraba a los ojos.

Emma no podía discernir su expresión a través del antifaz, pero sí su intensa mirada. Allí, de rodillas a sus pies, se sentía como si la estuviera idolatrando. Y le gustaba.

Trató de concentrarse en hacer lo que tenía que hacer, sin delatar su inexperiencia. Nunca había soñado con hacer algo tan sensual como tomarse un chupito de esa manera.

Espolvoreó la sal en el cuello de su acompañante y le colocó una rodaja de limón entre los labios. Nerviosa, tomó el vaso en una mano y se inclinó para lamerle la sal. Al deslizar la lengua por su piel, notó cómo él reprimía un gemido en la garganta. Acto seguido, apuró el chupito y le sujetó la cara con ambas manos. Justo antes de que pudiera morder el limón, él escupió la fruta. Sus labios se encontraron con una fuerza inesperada.

Ella no se apartó. Con la protección de su máscara, se sentía una mujer nueva, más atrevida y sensual.

El segundo beso la dejó clavada al sitio. Lo deseaba más que nada en el mundo.

Cuando, tras un instante interminable, sus labios se separaron, sus cuerpos siguieron todavía pegados.

Ella sentía la respiración caliente y acelerada de él en el cuello. Con los brazos entrelazados, se quedaron en silencio. Había una intensidad en la mirada de él que la excitaba y la asustaba al mismo tiempo.

–Ven conmigo –musitó él, se puso en pie y le tendió la mano.

Emma no era una tonta. Sabía lo que el desconocido la ofrecía y su cuerpo le gritaba que lo aceptara. Nunca había hecho nada parecido. Jamás. Algo en su héroe misterioso le urgía a irse con él.

Y eso hizo.

Capítulo Uno

Tres meses después

–¿Dónde diablos está Noah? –rugió Jonah Flynn al teléfono, sujetando con fuerza una taza de café en la otra mano.

–Él… no… no está, señor.

Al darse cuenta de que la secretaria de su hermano, Melody, estaba notablemente conmocionada por su tono, Jonah decidió corregirlo. Él nunca levantaba la voz a sus empleados. En realidad, la única persona a la que gritaba era a Noah. Y eso haría en cuanto lo encontrara.

–Siento haber gritado, Melody. Ya sé que mi hermano no está ahí. Nunca está en la oficina. Lo que quería decir es si sabes dónde ha ido. No responde al teléfono fijo de su casa y tiene el móvil apagado.

Melody titubeó un momento. Jonah oyó cómo tecleaba al otro lado de la línea, como si estuviera comprobando la agenda de su jefe.

–No tiene ninguna cita para hoy. Pero mencionó la última vez que lo vi que se iba a Bangkok.

Jonah casi se atragantó con el café. Tragó y dejó la taza en la mesa.

–¿Te refieres a Tailandia?

–Sí, señor.

Él respiró hondo para calmar su furia.

–¿Tienes idea de cuándo volverá?

–No, pero tengo el número de su hotel. Igual puede encontrarlo allí.

–Genial, Melody, gracias.

La secretaria le dio el número, que él garabateó en un papel antes de colgar. Lo marcó y le comunicaron con la habitación de su hermano sin problema. Por supuesto, Noah no respondió. Estaría dando una vuelta con alguna exótica belleza. Le dejó un mensaje en el contestador, aunque sin delatar la verdadera razón de su llamada, y colgó disgustado.

Tailandia.

Si había tenido alguna duda sobre la implicación de Noah en aquel lío, acababa de disiparse. Si los libros contables estaban correctos, su hermano pequeño acababa de irse al sudeste asiático con tres millones de dólares que no le pertenecían.

Jonah se recostó en el asiento de cuero y se frotó las sienes con suavidad. Eso no era bueno.

Nunca era buen momento para esas cosas, pero su hermano acababa de meter la pata en más sentidos de los que se imaginaba. Noah no pasaba mucho tiempo en la oficina, su papel en la compañía era complacer a su madre y poco más. Aun así, su hermano sabía que estaban a punto de cerrar un trato con Game Town. El auditor al que habían contratado iba a presentarse allí esa mañana. ¡Esa misma mañana!

Lo que Noah había hecho podía echarlo todo a perder. No era una cantidad grande en términos del dinero que manejaba la compañía, pero Noah había sido tan idiota como para llevárselo de una vez, transfiriéndolo a una cuenta que tenía en el Caribe. Cualquiera que se lo propusiera lo descubriría enseguida. Game Town iba a contratar a FlynnSoft para gestionar su servicio de suscripción mensual de videojuegos. ¿Pero quién iba a confiarle su dinero a una compañía donde ocurrían esos desfalcos? Sin duda, Jonah no lo haría, si estuviera en la posición de Game Town.

Necesitaba arreglar las cosas con rapidez. Podía hacer unos cuantos movimientos y reponer el dinero de su propio bolsillo. Sacaría a su hermano de su escondrijo después. Quizá, le obligaría a vender su preciado deportivo. O, tal vez, incluso, le haría trabajar de verdad en FlynnSoft, pero gratis, hasta que hubiera pagado su deuda.

Porque eso estaba claro, Noah saldaría su deuda. Cuando terminara con él, su hermanito desearía haber ido a la cárcel, en vez de eso.

Pero él no podía llamar a la policía. No podía hacerle eso a su madre. Angelica Flynn tenía una enfermedad degenerativa de corazón y no podía soportar demasiado estrés. Si Noah, quien era su hijo favorito, terminaba en la cárcel, le daría un infarto. Y, si encima descubría que lo había denunciado su propio hermano, se caería muerta de todas formas de la vergüenza y el dolor. Al final, sería todo culpa de Jonah. Y él se negaba a representar el papel de malo de la película.

Podía ocuparse de su hermano sin que su madre se enterara de nada.

Por suerte, FlynnSoft era una compañía de videojuegos privada y él era su único jefe. No tenía que responder ante accionistas, ni podían despedirlo. No tenía que darle explicaciones a nadie. Nadie sabía mejor que él cómo dirigir su compañía. Taparía el agujero que había dejado su hermano de una forma u otra. Sus empleados se lo merecían. Y se habían ganado el dinero que el nuevo contrato les supondría. Si Noah no lo hubiera estropeado todo, claro.

Qué desastre.

Jonah posó la vista en la foto enmarcada que tenía sobre la mesa. En ella, una mariposa azul estaba bronceándose al sol sobre una mata de flores amarillas.

A la gente le había extrañado mucho ver esa imagen en su despacho. Jonah no era un amante de la naturaleza exactamente. Se había pasado toda la adolescencia concentrado en los videojuegos y en las chicas, de los cuales había disfrutado en el cómodo escenario de su dormitorio.

No podía contarle a nadie por qué tenía allí esa foto. ¿Cómo explicar una noche así? No le creerían. Si no fuera por la prueba que tenía en su propia piel, incluso él habría pensado que se había tratado de una alucinación fruto del tequila. Bajó la mirada a su mano derecha, al tatuaje que llevaba impreso entre el dedo índice y el pulgar. Acarició el dibujo como había hecho esa noche con la sedosa piel de aquella mujer. Era la mitad de su corazón. La otra mitad había desaparecido con la mujer de la máscara de mariposa. No había imaginado que una fiesta de carnaval de la empresa acabaría en la noche más sensual y maravillosa que había vivido jamás.

Lo que no podía comprender era cómo había decidido que dejarla marchar había sido buena idea.

Había sido un idiota, se dijo Jonah. Había salido con toda clase de mujeres y nunca había sentido nada parecido por ninguna. Por primera vez, conocía a alguien que realmente le interesaba y la dejaba escapar.

Con un suspiro de frustración, trató de concentrarse. Hasta que Noah regresara, necesitaba reponer el dinero de alguna forma. Buscó el número de su contable, Paul. Le pediría que vendiera algunas acciones y activos para conseguir liquidez. Aunque igual harían falta unos cuantos días para eso. Mientras, tenía que encontrar la manera de entretener al auditor que Game Town iba a enviar. Si era un hombre, Jonah sacaría sus oxidados palos de golf del armario y lo llevaría al campo. Le invitaría a una copa, a cenar. Quizá, incluso, conseguiría distraerlo lo suficiente como para que no encontrara la discrepancia en los libros.

Si se trataba de una auditora, usaría una táctica diferente. Echaría mano de todo su encanto. Desde los quince años, siempre se había salido con la suya con las mujeres. La invitaría a cenar y a tomar algo. Unas cuantas sonrisas, contacto ocular y un puñado de cumplidos. Si lo hacía bien, conseguiría que ella se derritiera y apenas pudiera recordar su propio nombre. Y menos aún fijarse en si faltaba dinero en las cuentas.

De una forma u otra, lograría salvar el obstáculo y cerrar el trato con Game Town, pensó, y tomó el teléfono para llamar a Paul.

Su jefe era un sádico. No había otra explicación para que la enviara a FlynnSoft durante dos o tres semanas. Podía haber mandado a cualquier otro, pero no. Le había dicho que ella era la única capaz de manejarse en ese ambiente.

Encendió la luz del vestidor, tratando de elegir qué ponerse. Tim solo quería verla sufrir. Ella quería pensar que había sido contratada por sus notas sobresalientes en la Universidad de Yale y por las cartas de recomendación de sus profesores. Pero tenía la incómoda sospecha de que su padre había tenido mucho que ver.

Era obvio que a Tim le molestaba que le hubieran metido con calzador a una niña rica en su departamento contra su voluntad. Y disfrutaba haciéndola pagar por ello. Pero Emma estaba decidida a no darle esa satisfacción. Iba a hacer un buen trabajo. No se dejaría arrastrar por la actitud hippie de FlynnSoft. No se convertiría en una marioneta de Jonah Flynn ni de su seductora sonrisa.

Aunque tampoco esperaba que el atractivo director de FlynnSoft perdiera tiempo en mirarla. Emma no era fea, pero había visto en la prensa del corazón una foto de Jonah saliendo de un restaurante del brazo de un bella modelo de lencería. Ella no podía competir con abdominales de acero y pechos de silicona. Un tipo como Jonah Flynn no tenía interés para ella, de ninguna manera. Era todo lo que su madre, Pauline, le había dicho que debía evitar en un hombre. Decenas de veces le había recordado que no debía cometer los mismos errores que Cynthia. Su hermana mayor no había muerto a causa de sus malas decisiones, un accidente de avión había tenido la culpa de eso. Pero cuando, después de su muerte, su familia se había enterado de las cosas que Cynthia habían hecho en vida, se habían escandalizado. Como resultado de eso, Emma había sido educada como el opuesto de su hermana.

Si Tim era sincero, esa era la razón por la que le

habían dado ese empleo. Dee, aunque competente, era una mujer atractiva, alta y delgada, que se dejaba distraer con facilidad por los hombres. Si Flynn la miraba, sin duda, se convertía en gelatina. Pero los auditores financieros no podían convertirse en gelatina.

Emma miró dentro de su armario. Aunque FlynnSoft era pionero en crear un ambiente de trabajo informal, ella no pensaba presentarse con vaqueros y chanclas. Aunque resultara un bicho raro en medio de tantos diseñadores de software con aspecto hippie, iba a ponerse uno de sus trajes de chaqueta con zapatos de tacón. Eligió un conjunto gris oscuro y una blusa azul claro y sonrió. Había algo en el olor de una blusa limpia y bien planchada y un traje a medida que le llenaban de seguridad en sí misma.

Era justo la armadura que necesitaba para entrar en batalla con Jonah Flynn.

En realidad, batalla no era una palabra adecuada, se dijo. Él no era el enemigo. Era un potencial aliado de Game Town. FlynnSoft había conseguido diseñar un sistema sólido y eficiente para gestionar las suscripciones y otras compras relacionadas con su adictivo juego online, Infinity Warriors. Recientemente, habían ofrecido sus servicios de gestión de suscripciones a otras empresas que necesitaban ayuda para manejar su creciente número de usuarios. Eso permitía a pequeñas empresas de software centrarse en el desarrollo de juegos y dejar que FlynnSoft se ocupara de la parte administrativa.

Antes de firmar contratos, las compañías acostumbraban a pasar por una revisión contable para asegurar que todo estuviera correcto. Carl Bailey, el hombre que había fundado Town Game hacía veinte años y encabezaba en el presente la junta ejecutiva, odiaba las sorpresas.

Aunque FlynnSoft tenía buena reputación, el viejo desconfiaba por naturaleza de una empresa donde los trabajadores no llevaban traje ni corbata. Emma tenía que revisarlo todo al detalle. Sabía que le darían todo lo que necesitara para hacer su trabajo, pero de todas maneras a nadie le gustaba que auditaran sus cuentas. Era como si llevara un cartel en la frente que dijera: «Puedo arruinarte la vida».

Sin embargo, ella no estaba de acuerdo. Solo podía hacer daño a la gente al sacar a la luz sus propios errores. Si eran buenos chicos, no podía arruinarles la vida. Su madre le había repetido eso muchas veces cuando era adolescente: «Nunca digas o hagas nada que no quieras ver impreso en la portada de un periódico».

Antes de que su hermana Cynthia hubiera muerto en un accidente de avión, había estado prometida con el director del *New York Observer*, Will Taylor. También era el socio de su padre, George. Durante toda su infancia, los repartidores habían dejado cada mañana ese diario en su puerta y Emma había vivido con miedo de que algo que hubiera hecho saliera publicado. Los escándalos de la única hija que les quedaba a los Dempsey se hubieran ganado una primera página.

Por el momento, no se había metido en ningún lío.

Con una rápida mirada al reloj, Emma cerró el armario y empezó a prepararse.

Tras treinta minutos, Emma se echó un último vistazo ante el espejo. Se había recogido el pelo en un apretado moño. Después de que David se hubiera mudado, se lo había cortado por los hombros, pero todavía lo tenía lo bastante largo como para recogérselo. Su maquillaje estaba impecable, ligero y discreto. Todavía podían verse las pecas de su nariz, las cuales odiaba.

El traje no le quedaba ajustado, debido a su reciente pérdida de peso inducida por el estrés. La blusa que llevaba era de un colorido tono azulado y, lo más importante, el cuello era lo bastante alto como para ocultar su tatuaje. El medio corazón que se había tatuado justo encima de un pecho no era la única evidencia de esa noche en que se había dejado llevar. Pero, por el momento, era la más difícil de esconder. Pronto, sin embargo, eso cambiaría.

Como un pequeño diablillo, Harper le había susurrado al oído que se divirtiera esa noche. Y ella lo había hecho, sin duda. No había pretendido llevar las cosas tan lejos, pero aquel hombre enmascarado tenía algo especial a lo que no había podido resistirse. Había terminado teniendo sexo con él en el cuarto de la lavandería de la fiesta y se habían lanzado juntos a las calles de Nueva York en busca de aventura.

Cada vez que Emma metía la ropa en la lavadora, las mejillas se le sonrojaban. Había hecho todo lo posible para olvidarse de ello y el tequila se había encargado de convertir aquella experiencia en un recuerdo borroso, como un sueño. Pero, aun así, no podía dejar de recordarlo. Si no hubiera sido por la venda en el pecho cuando levantó a la mañana siguiente, se podía haber convencido de que se lo había imaginado todo.

Pero no había sido así. Se había dado permiso para hacer todo lo que había deseado hacer. Había dejado que las palabras de David le calaran demasiado hondo y había puesto toda su vida en duda. Hacía todo lo que se suponía que debía hacer una mujer educada y de buena familia. Era correcta en su forma de hablar, elegante y culta. Hacía bien su trabajo. Emma no necesitaba de una noche de desinhibición para comprender que su vida ordenada y aburrida no tenía nada de malo. No quería ser como su hermana mayor, que se había dejado llevar por sus impulsos pasionales y había dejado a su familia hundida en el escándalo después de su muerte. Aunque ella solo se hubiera soltado la melena una vez, esa noche bastaba para tener repercusiones en toda su vida. Podía mantenerlo en secreto por el momento, pero antes o después todo el mundo lo descubriría.

Y, por supuesto, ahí estaba el tatuaje. Emma había pensado en quitárselo, aunque había decidido mantenerlo como recordatorio de lo peligrosas que podían ser las decisiones equivocadas. Así, si alguna vez en el futuro se le volvía a ocurrir lanzarse a la aventura, con un solo vistazo al tatuaje le recordaría que era una mala idea. No pensaba volver a dejarse arrastrar a terreno resbaladizo. No quería acabar siendo como su hermana y avergonzar a su familia, por mucho que estuviera disfrutando del momento.

Ya que había decidido dejarse el tatuaje, tenía que ser especialmente cuidadosa de que nadie lo viera, sobre todo, en el trabajo. O su madre, que pensaba que los tatuajes eran algo de delincuentes y motoristas. En las últimas semanas, se había comprado un montón de atuendos de cuello alto. Emma se alegraba de haberse tatuado en un sitio que podía ocultarse con facilidad y no en la mano, como había hecho su héroe enmascarado.

Había estado en la fiesta de FlynnSoft, así que podía

ser un empleado, igual que Harper. Suponía que, en un ambiente de trabajo relajado e informal como el de su empresa, llevar un tatuaje no sería problema. Igual era lo más habitual.

Esa era otra razón por la que estaba nerviosa.

En cualquier momento, él podía aparecer. Podía ser un ingeniero, un programador, incluso un contable. No sabía nada sobre él y no tenía forma de reconocerlo, aparte del tatuaje. Le había contado algunos detalles de esa noche a Harper y su amiga había estado desde entonces alerta para ver si podía averiguar su identidad. Sobre todo, cuando le había confiado cuáles habían sido las consecuencias de su locura. Pocas semanas después de la fiesta, en una cena familiar, Emma había echado un vistazo al jamón ahumado y había tenido que salir corriendo a vomitar al baño. ¡Estaba embarazada de su héroe anónimo! Y no tenía manera de contactar con él y hacérselo saber.

En los últimos tres meses, Harper no había encontrado a nadie con la mano tatuada en FlynnSoft, al menos, en los departamentos de contabilidad o marketing, donde su amiga pasaba la mayor parte del tiempo. Eso significaba que Emma estaba sola con su bebe, le gustara o no. Pronto, se lo diría a su familia. Cuando ya no pudiera seguir ocultando su vientre hinchado.

Tras otra mirada al reloj, se dijo que no podía seguir retrasando lo inevitable. Se pasó los dedos por el pelo y agarró el bolso. Bajando la vista, decidió abotonarse el último botón de la blusa.

Por si acaso.

Capítulo Dos

FynnSoft no estaba lejos. Había estado allí unas cuantas veces que había quedado con Harper para comer. Ocupaba los cinco pisos superiores de uno de los rascacielos cercanos a su casa. El vestíbulo era como los de otras muchas empresas similares, con muebles modernos y grandes pantallas de plasma con vídeos sobre la compañía y escenas de varios de los videojuegos que habían creado. La única diferencia, en realidad, era la recepcionista, que iba vestida con pantalones cortos de camuflaje y un top con la barriga descubierta. Llevaba el pelo recogido en una cola de caballo y múltiples pendientes en las orejas.

Así era la primera persona que la recibió al llegar. Después de tomarle los datos a Emma, le dio una acreditación y la acompañó a los ascensores. Le mostró cómo pasar la credencial por el sensor para pulsar el piso veinticinco, adonde iba.

Emma pensó en parar en la planta veinticuatro para ver a Harper, pero no tenía tiempo. Pulsó el número veinticinco y cerró los ojos. Mientras subía el ascensor, sintió que su ansiedad crecía. Sabía muy bien por qué. La razón tenía que ver con algo más que con hacer bien su trabajo. Ella era una excelente auditora y contable. Y Harper no había hecho más que hablarle bien de Flynn-Soft y de la gente que trabajaba allí. Todo saldría bien.

Cuando se abrieron las puertas del ascensor, Emma se dirigió a la derecha del pasillo, como le habían indicado. Se detuvo ante una de las puertas, que tenía una placa donde se leía «sala de juegos» y había un par de empleados jugando al fútbol. En cualquier otra empresa, aquel amplio espacio se habría convertido en sala de juntas. Pero allí había una mesa de billar, una máquina de Comecocos y varios sillones delante de una gran pantalla.

Los jugadores se quedaron parados al verla, mirándola como si llevara ropa de payaso en vez de un inmaculado traje de chaqueta. Emma siguió su camino por el pasillo con rapidez, para huir de su escrutinio.

Cuando llegó a un amplio mostrador al final del pasillo, se topó una mujer con un vestido primaveral y el pelo rojo. Llevaba auriculares y hablaba por teléfono al mismo tiempo que tecleaba al ordenador. Lanzó una rápida mirada a Emma y terminó la llamada.

–Debe de ser usted la auditora de Game Town –dijo la mujer, se levantó y sonrió, tendiéndole la mano por encima del mostrador.

Emma se la estrechó con una sonrisa forzada.

–Sí, soy Emma Dempsey. ¿Cómo lo has adivinado?

La mujer rio, recorriendo las ropas de Emma con la mirada por segunda vez.

–Yo soy Pam, la secretaria de Jonah. Se acaba de ir, pero seguro que vuelve en cualquier momento. ¿Quiere tomar algo mientras espera? ¿Café? ¿Un refresco?

Emma negó con la cabeza, frunciendo el ceño. Algunas compañías llegaban muy lejos para complacer a los auditores, y ella no quería pasar por alguien a quien se pudiera camelar fácilmente.

–No, gracias.

–De acuerdo, pero si cambia de idea no tiene más que decírmelo. Tenemos una cafetería en el piso veintitrés, además de un Starbucks en la planta baja. Seguro que le harán una visita guiada a la empresa. Mientras está aquí, esperamos que pueda disfrutar de todas nuestras ofertas de ocio. También tenemos un gimnasio, varias salas de juegos y un restaurante con bufé de ensaladas, donde los empleados pueden comer gratis. Todas las máquinas de aperitivos también son gratuitas, para mantener a nuestros programadores despiertos y productivos.

–Vaya –dijo Emma, impresionada. Había leído en las revistas que Jonah Flynn era una especie de emprendedor moderno que estaba cambiando la visión de los negocios en muchos sentidos. Para empezar, se había esforzado en crear un ambiente de trabajo donde los empleados se sintieran más felices y productivos.

–Este es un lugar estupendo para trabajar. Espero que disfrute de su tiempo aquí –dijo Pam, y salió de detrás del mostrador. Estaba descalza y llevaba las uñas de los pies pintadas de rosa fucsia.

Caminando sobre la esponjosa moqueta, escoltó a Emma hasta unas puertas dobles de roble. Empujó una de ellas, dio un paso atrás y le hizo un gesto para que entrara.

–Tome asiento, Johan llegará enseguida.

La puerta se cerró silenciosamente detrás de ella, dejándola sola en el despacho de Jonah.

Como le habían indicado, se sentó en uno de los sillones de cuero negro. Cruzó los tobillos y se colocó el maletín que llevaba sobre el regazo. Miró a su alrededor, nerviosa. El despacho era enorme y su decoración impersonal, parecida a la del vestíbulo. Todo de cristal y cromo, cuero negro, estanterías con premios y libros que, probablemente, él no había leído. Había una gran mesa de reuniones delante de unas ventanas con impresionantes vistas sobre Manhattan.

Emma no estaba segura de qué había esperado encontrar en el despacho del popular CEO. Quizá, una barra como las que usan las bailarinas de estriptis o una máquina de marcianitos. Sin embargo, el espacio y la decoración eran asépticos y formales, a excepción de un gran mural con la imagen de uno de los personajes de los videojuegos creados por la empresa. Parecía un troll azul preparado para la batalla.

Solo había unos cuantos detalles inesperados: una foto de una mariposa en su mesa, un trofeo al mejor jefe del mundo en una de las baldas y un dibujo de un niño dirigido al señor Jonah pinchado en su corcho de notas. Emma estaba bastante segura de que el dueño de FlynnSoft no tenía hijos, pero solo sabía de él lo que contaban las columnas de cotilleos, que podía estar muy alejado de la realidad.

–Señorita Dempsey, siento haberla hecho esperar –dijo una voz de hombre por detrás de ella.

Con una sonrisa nerviosa, Emma se levantó y se volvió para mirarlo. Estaba parado en la puerta, ocupando casi todo el quicio con sus anchos hombros. Llevaba una camiseta marrón con el dibujo de unos personajes que parecían caballeros de dibujos animados, unos vaqueros con una raja en la rodilla y zapatillas de jugar al baloncesto. Y un Rolex con sus diamantes y todo.

Qué contradicción. Software, fútbol, vaqueros, diamantes. No se encontraba una a esa clase de director de empresa todos los días, se dijo.

Mientras él se acercaba, Emma solo tuvo un momento para fijarse en la cara que ya había visto en las fotos de las revistas: el cabello moreno oscuro y mas afeitado a los lados, los ojos azul cielo, la sonrisa seductora y excitante.

Respirando hondo para recordar que aquella era una misión de trabajo, le tendió la mano.

–Un placer conocerlo, señor Flynn.

Jonah le estrechó la mano con un apretón cálido y firme. Sus ojos oscuros parecían mostrar aprecio, mientras una suave sonrisa pintaba sus labios. Daba toda la sensación de estar complacido. ¿Pero por qué?, se preguntó ella.

–Llámame Jonah. Y el placer es todo mío –repuso él con voz profunda y penetrante como el chocolate caliente.

–Emma –respondió ella, aunque apenas podía hablar. De pronto, sintió que la habitación subía de temperatura. Percibió el olor de su colonia, un aroma especiado y varonil que le resultaba extrañamente familiar.

Emma intentó tragar saliva, pero tenía un nudo en la garganta. No podía pronunciar palabra mientras él seguía sujetándole la mano. ¿Le causaba ese efecto a todas las mujeres a las que estrechaba la mano? O, quizá, era ella, que estaba desesperada después de tres meses de celibato y con las hormonas de embarazo haciendo de las suyas.

Jonah Flynn era todo lo que ella había esperado encontrar. Incluso, más. Las revistas no le habían hecho justicia. Era atractivo, con rostro angulado y poderoso.

Unos fuertes músculos se adivinaban bajo su camiseta ajustada. Cada uno de sus movimientos era elegante y exudaba poder y confianza, hasta vestido con vaqueros. Era algo que no podía plasmarse en una fotografía.

Emma sabía que debía de haberse sonrojado. Qué vergüenza. Estaba quedando como una tonta. Había salido hacia allí decidida a demostrarle a Tim que podía hacer su trabajo. Sin embargo, se había quedado paralizada, babeando tras solo unos segundos en presencia de Flynn. Se sentía, de pronto, como una adolescente enamoradiza.

Necesitaba mantener la compostura, se dijo a sí misma. Rompió contacto ocultar y respiró hondo. Al bajar la vista, posó los ojos en algo que él tenía en la mano. Entonces, reconoció la otra mitad del tatuaje.

De repente, Emma sintió que se ahogaba.

Perfecto. No lograría el contrato con Game Town si mataba a la auditora el primer día, se dijo Jonah.

De prisa, la llevó a una silla y llamó a Pam para que trajera una botella de agua. No estaba seguro de qué había pasado. Ella había sonreído y le había estrechado la mano y, al instante siguiente, se había puesto a hiperventilar y roja como un tomate. Quizá fuera una reacción alérgica. Por si acaso, le pediría a Pam que se llevara el arreglo floral que había sobre la mesa de reuniones. A continuación, le ordenaría ir a buscar el botiquín de primeros auxilios.

Una vez sentada, ella pareció recuperar el aliento. Igual solo se había tragado un chicle. No. Llevaba pendientes de perlas y cruzaba los talones mientas se sentaba. No era la clase de chica que mascaba chicle en el trabajo.

Pam apareció enseguida con el agua, que Emma aceptó agradecida. Jonah le hizo una seña a Pam de que se quedara hasta estar seguro de que la recién llegada se encontrara bien.

Emma respiró hondo varias veces, tomó unos tragos de agua y cerró los ojos. Mucho mejor. Él le dijo a Pam que podía irse, aunque sabía que su secretaria estaría alerta y preparada para volver enseguida si hiciera falta.

Luego, se arrodilló delante de ella, mirándola con preocupación. Poco a poco, el rostro recuperó su color normal, o eso esperaba él, porque ya no estaba roja, sino pálida como la leche.

Era guapa, la verdad, pensó. Su pelo sedoso y moreno rogaba estar suelto, pero se lo había recogido en un apretado moño. Tenía el rostro en forma de corazón con labios carnosos y piel cremosa, sin apenas maquillaje. Por lo que podía adivinar de su figura debajo de ese traje demasiado grande, tenía las curvas perfectas en los sitios adecuados. Como a él le gustaba. Para completar su inventario, se fijó en la manicura perfecta de sus manos y en que no llevaba alianza. Le resultaría mucho más fácil ejercer sus encantos con una mujer soltera. Después de todo, la auditoría podía no resultar un mal trago. Mantener la mente de Emma alejada de los libros de cuentas podía convertirse en una experiencia agradable para los dos.

–¿Estás bien? –pregunto él cuando ella se hubo terminado media botella de agua.

Emma tragó saliva y asintió, aunque tenía la vista clavada en la mano que él había apoyado en su rodilla.

–Sí, lo siento.

Siguiendo su mirada, Jonah apartó la mano y se levantó, dándole un poco más de espacio.

–No te disculpes. ¿Hay algo que Pam o yo podamos hacer? ¿Nos llevamos las flores?

–Oh, no –insistió ella–. Estoy bien, de verdad. Por favor, no os preocupéis por mí.

Era la clase de mujer a la que no le gustaba crear molestias, comprendió él.

–De acuerdo. Entonces, vamos al trabajo –dijo Jonah, dio la vuelta a su mesa y se sentó en su silla–. La gente de Game Town dice que tardarás unas semanas en revisarlo todo.

–Sí. Quizá menos, si los apuntes contables están claros y alguien del equipo puede responder a mis preguntas.

–Claro. Pediré a los de finanzas que lo tengan todo listo para mañana. Seguro que estarán encantados de ayudarte. Todo el mundo está emocionado ante la perspectiva del nuevo contrato con Game Town.

–Me alegro. Estoy lista para empezar.

Jonah arqueó una ceja. ¿Por qué tanta prisa? Lo último que quería era que la auditora se pusiera manos a la obra con su trabajo.

–¿Qué tal si te muestro todo primero?

–No es necesario –respondió ella, sin pensarlo–. Seguro que tienes cosas más importantes que hacer. Si Pam puede mostrarme dónde está mi mesa, seguro que puedo empezar.

Daba la impresión de que quería librarse de él, caviló Jonah. Las mujeres nunca querían librarse de él. No iba a dejar que esta fuera distinta.

–Tonterías –insistió él, y se levantó de la silla, dando la discusión por terminada–. Tengo un hueco ahora y me gustaría asegurarme de que te encuentras a gusto.

Emma se puso en pie con cierta reticencia y salió del despacho, delante de él. A pesar de cierta rigidez, se movía con fluidez y gracia femenina. Las curvas de su trasero se mecían tentadoramente de izquierda a derecha, observó él. Ese traje no le sentaba tan mal, después de todo. Se ajustaba a sus caderas de forma perfecta.

Respiró hondo para poner en orden sus pensamientos. En el pasillo, se colocó a su lado.

–Seguro que has visto la sala de juegos cuando venías para acá. En todas las plantas hay una –indicó él, orgulloso, cuando se detuvieron en la puerta. Era una de sus innovaciones favoritas. Se pasaba en esa sala el mismo tiempo que los demás empleados. Era muy útil para tomarse un respiro de vez en cuando. Era refrescante y daba energía para continuar con el trabajo.

–Es muy bonita –dijo Emma con tono educado y frío.

Parecía decididamente desinteresada, pensó él. Y eso le molestaba. Debería estar impresionada, como todo el mundo. La revista *Forbes* había hecho un artículo sobre sus salas de juegos y sus altos niveles de productividad empresarial. Era algo muy novedoso. Sin duda, debería provocar más interés que esa sonrisa forzada que ella le mostraba. Quizá debiera tratar de llevarlo al terreno personal, se dijo.

–¿Cuál es tu videojuego favorito? Tenemos una colección inmensa.

–Lo siento. No juego a videojuegos.

Jonah intentó no fruncir el ceño. Todo el mundo tenía un juego favorito. Incluso su abuela jugaba al *bridge* en el ordenador.

–¿Ni siquiera Super Mario Bros? ¿Ni Tetris?

Emma negó con la cabeza. Un mechón de pelo se le escapó del moño hacia la mejilla, dándole un toque más suave y natural. Con el pelo suelto sería mucho más atractiva, pensó él. Verlo extendido en su almohada sería aún mejor. Aunque eso no podía ser parte del plan, cuando el acuerdo con Town Game estaba todavía en el aire, se recordó a sí mismo. Eso no significaba que no intentara salir con ella después.

Emma se colocó el pelo detrás de la oreja.

–Me educaron para no perder el tiempo en cosas innecesarias.

Jonah frunció el ceño. Cosas innecesarias. Su obsesión por los videojuegos desde niño había florecido en un imperio multimillonario. No era algo exactamente innecesario. Se preguntó qué haría ella con su tiempo libre. No creía que se pasara los fines de semana dando de comer a los hambrientos y tejiendo mantas para los sin techo. Con un buen trasero o no, la auditora estaba empezando a sacarle de quicio.

–Mucho trabajar y poco divertirse pueden hacer que una chica sea demasiado aburrida.

Emma se giró hacia él como impulsada por un resorte.

–No es ningún pecado ser aburrida. ¿Acaso es mejor crear escándalo?

–No, pero es más divertido –repuso él con sarcasmo. Sin duda, ella se había referido a él. Pero no se avergonzaba de que el escándalo lo acompañara a todas partes. Era su forma de disfrutar de la vida.

Emma le dio la espalda a la sala de juegos y siguió su camino por el pasillo.

En esa ocasión, observarla caminar no le pareció a Jonah tan excitante, después del corte que acababa de darle. Conteniendo su resentimiento, aceleró el paso para caminar a su lado. Respiró hondo y decidió empezar de nuevo. Tenía que camelarse a Emma en las próximas semanas, le gustara o no.

–Ocuparás una mesa en el departamento de finanzas, en la planta veinticuatro. Antes de ir allí, haremos una parada en la planta veintitrés. Te quiero enseñar la cafetería. Yo siempre necesito un tentempié a media mañana.

–Señor Flynn…

–Jonah –le recordó él con la típica sonrisa que le habría todas las puertas en lo relativo a las mujeres.

–Jonah, esto no es necesario, de verdad. Estoy segura de que otra persona que no sea el director puede enseñarme dónde están la cafetería y el gimnasio. Ahora mismo, solo quiero empezar a trabajar.

Jonah suspiró con resignación y señaló hacia los ascensores. ¿Cómo iba a encandilar a una mujer tan reacia? Era realmente frustrante.

–Te enseñaré tu puesto de trabajo, entonces.

Esperaron en silencio al ascensor. Jonah tenía que admitir que le gustaba verla en silencio. Cuando tenía la boca cerrada, era atractiva y misteriosa. Cuando hablaba, era obvio que su forma de pensar era por completo diferente, en lo que tenía que ver con el trabajo y el placer.

Para mal o para bien, encima, su perfume le resultaba muy sensual. Era una mezcla limpia y fresca de champú y crema de manos. Le sentaba mejor que los densos perfumes que le saturaban la nariz. Era mucho más delicado. Como el escote de su blusa, que apenas le dejaba ver las clavículas.

Por un instante, tuvo la tentación de asomarse para ver si había un tatuaje allí debajo, pero la blusa abotonada hasta arriba impedía ver más allá. Además, esa mujer tan severa y controlada no podía ser su preciosa y misteriosa dama mariposa.

Al fin, se abrieron las puertas del ascensor y se dirigieron al departamento de finanzas. Mientras caminaban, Jonah se dio cuenta de que ella no mostraba ningún interés por observar a su alrededor, como solían hacer todos los visitantes. Andaba con vista fija delante de ella con una intensidad intrigante y, al mismo tiempo, desconcertante. ¿Se concentraría con la misma intensidad en la revisión de los libros de cuentas?

Se detuvieron delante de un despacho para visitas y él abrió la puerta. El pequeño escritorio llenaba casi todo el espacio. Un ordenador y un teléfono ocupaban media mesa. Había un cuadro con el logo de la empresa y un ficus en una esquina. Era perfectamente adecuado para trabajar durante un puñado de días.

–Esta será tu casa durante las próximas semanas. La mesa tiene material, el teléfono está activo y tienes enchufes para conectar tu portátil. Si necesitas algo, la asistente de contabilidad, Angela, puede ayudarte. Está al final del pasillo, a la izquierda.

Emma asintió con un seco gesto. Parecía estar deseando que se fuera, adivinó Jonah. ¿Cuál era su problema? Estaba rígida y tensa, como si ansiara cerrarle la puerta en las narices. ¿Por qué una mujer tan atractiva tenía que ser tan antipática? Necesitaba un trago. O un buen revolcón, caviló. A él le gustaría ayudarla, si le diera la oportunidad.

–¿Estás bien, Emma?

Ella le lanzó una fría mirada, frunciendo el ceño. Lo miró con intensidad con sus ojos verdes antes de responder.

–Estoy bien.

Nada de eso, se dijo él. Pero presionarla no era buena táctica, así que lo dejó pasar. No tenía por qué vencer el primer día. Tenía tiempo.

–Parece que te sientes un poco incómoda. Te aseguro que ninguno de nosotros muerde –dijo él, apoyó la mano en el quicio de la puerta y se inclinó hacia ella mientras hablaba, para dar énfasis a sus palabras–. Incluso puede que disfrutes de tu tiempo aquí.

Emma se puso pálida, con la mirada fija en la mano de él. Tras unos instantes, levantó los ojos hacia él con una sonrisa forzada.

–Claro. Es que tengo ganas de empezar a trabajar ya.

Jonah dejó caer el brazo. Las cosas no iban como había planeado. No estaba seguro de si ella se hacía la difícil a propósito o si era su forma natural del ser. Más valía que Paul hiciera cuanto antes esa transacción, porque su plan de salir a cenar y tomar algo con ella podía no salir como esperaba. Le habían enviado a la única mujer en Manhattan que era inmune a sus encantos. Incluso, parecía que la molestaban.

Tal vez, era culpa del ambiente de oficina. Era posible que estuviera acostumbrada a centrarse en el trabajo y evitar conversaciones personales en su horario laboral. Una razón más para sacarla de la oficina, entonces. Así, le daría la oportunidad de soltarse el pelo y relajarse. Le dejaría caer la invitación a cenar y, después, le daría toda la tarde para pensarlo a solas.

Se miró el reloj.

–Me encantaría mostrarte los libros de cuentas yo mismo, pero tengo una reunión dentro de unos minutos. ¿Quieres cenar conmigo mañana por la noche?

–No.

Jonah, que había abierto la boca para sugerir un restaurante, se quedó paralizado. ¿Acababa ella de responder que no? No era posible.

–¿Qué?

La pálida piel de Emma se puso colorada y los ojos se le abrieron como platos, como si acabara de darse cuenta de su error.

–Quiero decir, no, gracias –se corrigió ella.

Entonces, se dio media vuelta y se metió en su nuevo despacho, cerrando la puerta tras ella.

Capítulo Tres

A la mañana siguiente, Emma quedó con Harper antes de trabajar en la cafetería de la planta veintitrés. Casi no había dormido la noche anterior y necesitaba un buen chute de cafeína.

–Tienes un aspecto horrible –dijo Harper, como siempre, tan honesta.

–Gracias. Buenos días para ti también.

Se pusieron en la cola para pedir sus desayunos.

–¿Qué te ha pasado? –preguntó Harper.

–No he dormido bien.

Harper asintió y pidió café al joven del mostrador.

Emma la observó, intentando decidir qué quería beber. Pero no podía pensar con claridad. No había dormido. Y Harper no sabía por qué.

Había estado demasiado nerviosa. Jonah Flynn, el playboy millonario, tenía la mitad de su tatuaje. El destino le había jugado una mala pasada. No había peor pareja para ella en el mundo, ni peor padre para su hijo. Menos mal que había mantenido su identidad en secreto, pensó. Lo más probable era que él se hubiera sentido decepcionado al ver quién había habido detrás de la máscara. ¿Y qué pensaría de la paternidad el soltero más recalcitrante de la ciudad?

Aun así, se había pasado toda la noche pensando en él. En lo mucho que le había excitado cuando la había besado por primera vez. Recordaba cómo le había recorrido el cuerpo con las manos como si no hubiera podido saciarse de ella. Después de todo lo que le había pasado con David, le había resultado increíble sentirse tan deseada. Era una sensación que, fácilmente, podía ser adictiva. Y eso significaba peligro.

Había intentado olvidarse de esa noche y casi lo había conseguido, pero su cuerpo se negaba. Haber estado en la misa habitación que él, haber inspirado su aroma habían traído de golpe los recuerdos de esa noche. En los dos años que había pasado con David, nunca había experimentado unas sensaciones como las que había disfrutado con Jonah.

–¿Qué va a tomar, señorita?

Emma se giró hacia el camarero, que esperaba su pedido con paciencia.

–Té caliente –dijo ella, pues aunque necesitaba cafeína, sabía que no debía tomarla en su estado.

La cafetería estaba llena, así que tomaron sus bebidas y la bollería que habían pedido y se dirigieron con ellas a sus despachos.

Harper estaba bastante contenta de tenerla como compañera.

–Me encantaría que trabajaras aquí. Así, tendría alguien con quien hablar. Aquí la gente es muy amable, pero casi todos tienen la cabeza en las nubes y las narices en el ordenador.

Emma se había dado cuenta de eso. Los diseñadores de software eran diferentes de la mayoría de la gente con la que había trabajado. Estaban muy concentrados, ni siquiera solían saludar en el pasillo. Todos parecían absortos en su misión, ya fuera crear un nuevo personaje de videojuego o arreglar algún programa defectuoso. O, tal vez, lo que pasaba era, nada más, que no sabían hablar con una mujer.

–Entonces, ¿por qué trabajas aquí? –preguntó Emma–. Las dos sabemos que no necesitas el dinero.

Harper se encogió de hombros.

–Me aburro si no hago nada.

–Podrías ayudar a Oliver. Igual le gusta tener a su hermana en el negocio familiar.

–Oliver no necesita mi ayuda con nada. Además, este sitio es divertido. Te acostumbras enseguida. Ahorro mucho dinero con la comida gratis. También, uso el gimnasio de aquí. Y lo que usaba para pagar el de mi barrio, ahora lo empleo para comprarme bolsos de Louis Vuitton y viajes a París. Además, me gusta tener ingresos que yo misma me he ganado, y no a causa de mi apellido. A ti también te gustaría trabajar aquí, seguro. Aunque tendrías que hacer algunos cambios en tu guardarropa.

Emma miró los pantalones de pinzas color verde de Emma y su blusa de seda sin mangas. Y los comparó con el traje de chaqueta que ella se había puesto. Frunció el ceño.

–No es culpa mía si todos se visten como estudiantes universitarios. Me niego a hacer lo mismo. Y no empieces a hacerte ilusiones con que me quede más de unas semanas. Me iré de aquí en cuanto pueda.

Se pararon delante de los ascensores y Harper pulsó el botón.

–¿Por qué tienes tanta prisa en irte? ¿Tan mal te parece este sitio?

No le parecía mal, aunque no tenía ninguna intención de pasar allí ni un segundo más de lo necesario. Emma no estaba segura de cuánto podía contarle a Harper de lo que había descubierto. Era una de sus mejores amigas, pero no tenía ninguna prudencia. Cualquier cosa que le contara, de inmediato, la sabrían también sus amigas Lucy y Violet. A partir de ahí, la noticia se extendería como la pólvora. Si quería que Jonah no supiera nada de su verdadera identidad, era mejor que no hablara de ello con nadie.

–No estoy cómoda aquí, eso es todo.

–Tienes miedo de encontrarte con él –adivinó Harper.

No tenía sentido negarlo.

–Sí, lo admito. Sería un poco raro toparme con él. Además, podría suponer un conflicto de intereses si lo averiguara alguien de Game Town. Mi informe se vería comprometido si se supiera que he tenido una relación íntima con alguno de los empleados de FlynnSoft.

–O podría ser algo maravilloso. Pensé que querías encontrarlo. Ya sabes, por el bebé –repuso su amiga en un susurro.

Emma no respondió. Harper era demasiado romántica como para ver su situación con objetividad y no tenía sentido darle más explicaciones. Así que se metió en silencio en el ascensor y le dio un trago a su taza de café.

–¡Ya lo has visto!

Emma miró a los lados para asegurarse de que estaban solas en el ascensor.

–¿Qué? ¡Claro que no!

A Harper no le convenció su respuesta.

–¿Quién es? ¿Es guapo? ¿En qué departamento trabaja?

Las puertas se abrieron en la planta veinticuatro. Emma hizo una seña a su amiga para que bajara la voz.

–¿Puedes guardarme el secreto? No quiero que lo sepa todo el mundo.

–Está bien. Pero tienes que contármelo. No se lo diré a nadie.

Emma la miró con desconfianza. Adoraba a su amiga, pero…

–No sabes guardar un secreto, Harper.

Harper frunció el ceño, poniéndose en jarras.

–Vamos, ¿por qué no? ¿Qué pasa? ¿No será el director o algo así? Si fuera Jonah, daría mucho que hablar, pero cualquier otro de la empresa no dará pie a ningún cotilleo. No sé qué problema hay…

Emma notó que se quedaba blanca. Harper se detuvo en seco y miró a su amiga. Se quedó con la boca abierta.

–Oh, cielo santo.

–¡Shh! Harper, por favor. No importa.

–¡Claro que importa! –repuso Harper, bajando el tono de voz–. ¿Es Jonah Flynn? ¿En serio?

Emma asintió.

–Pero él no sabe quién soy, ni nada del bebé. Y pretendo que siga siendo así. ¿Lo entiendes?

Harper asintió, visiblemente conmocionada por las noticias de su amiga.

–Jonah Flynn es el hombre más sexy que he visto en mi vida. Es amigo de mi hermano. Cada vez que venía a mi casa, tenía ganas de lanzarme a sus pies. No puedo creer que vosotros… ¿Cómo no saltaste a sus brazos cuando descubriste quién era?

–No nos conocemos formalmente, ¿recuerdas?

Harper frunció el ceño.

–Tienes razón. Es una pena. Es un hombre increíble. Y fue muy amable contigo.

–Es un mujeriego. Será así con todas.

–Si crees lo que dice la prensa del corazón, sí. Pero Jonah Flynn no es así, te lo digo porque hace muchos años que lo conozco. Y un hombre dispuesto a hacerse un tatuaje después de una noche juntos con la esperanza de volver a encontrarte es algo que no se puede despreciar. Si fuera un mujeriego, no le quedaría un fragmento de piel sin tatuar. Fuiste algo especial para él.

Eso era verdad. Emma no había visto que él tuviera ningún otro tatuaje. Pero se negaba a creer que pudiera tener algún futuro con Jonah Flynn. Incluso, si él tenía interés en empezar una relación, sería buscando a la mujer que ella había sido esa noche. No a la verdadera Emma. Y se había jurado a sí misma no volver a comportarse jamás de esa manera. Así que no tenía sentido intentar nada. Si le decía quién era, solo serviría para que los dos se torturaran y para estropear sus recuerdos de esa noche.

Aun así, debía hacerlo. ¿O no? Se llevó la mano al vientre con gesto protector. Si Jonah los rechazaba a ella y al bebé, sería un drama para su hijo siempre el saber que su padre no lo había querido. ¿Sería mejor mantenerlo en secreto? Era una idea que la incomodaba pero, hasta que estuviera segura de su decisión, no diría una palabra.

–Tienes que guardarme el secreto, Harper. No puede saberlo nadie. Ni Violet, ni Lucy, ni tu hermano ni, sobre todo, Jonah.

–Te lo juro –contestó Harper con un suspiro–. Es mejor que ocultes bien tu tatuaje.

Emma se colocó el cuello de la blusa, nerviosa, y comenzó a caminar por el pasillo.

–No suelo exhibir el escote y tengo la intención de seguir llevándolo tapado. Estoy aquí para hacer mi trabajo e irme.

–¿Y qué pasa con el bebé?

–No lo sé, Harper. Lo que pasó entre nosotros es cosa del pasado. Nunca se repetiría. Es agua pasada –dijo Emma, y abrió la puerta de su despacho. En su escritorio le esperaba un gran jarrón con lirios blancos en flor. Era el ramo más bonito que había recibido en su vida.

Entró y tomó el pequeño sobre que había entre las flores. Mientras lo abría, se debatió entre si quería que fuera de Jonah o no. Sus atenciones, aunque halagadoras, estaban fuera de lugar. Incluso eran peligrosas. Con un nudo en el estómago, leyó en voz alta.

–Para Emma. Bienvenida a FlynnSoft. Tengo muchas ganas de conocerte mejor. Firmado, Jonah.

–¿Agua pasada? –dijo Harper, inclinándose para oler una flor–. ¿Estás segura?

Jonah salió del ascensor con un café en una mano y un donut en la otra. Al llegar a la mesa de Pam, se topó con un enorme jarrón de cristal con lirios blancos. Frunció el ceño. Había pedido esas flores para Emma porque le recordaban a ella: elegantes, puras y refinadas. Además, se había gastado lo suficiente en el ramo como para complacer a la más difícil de las mujeres.

Sin embargo, lo cierto era que no solía tener que esforzarse tanto para complacer a las damas. Le habían dicho que le bastaba su encanto natural y su aspecto para hacer que todas se derritieran a su paso. Pero no era tan ingenuo como para creérselo. Sabía que el interés femenino en él tenía más que ver con su inmensa riqueza que con su belleza.

Pero Emma era diferente. Parecía hecha de acero y no se derretía con nada.

Eso no podía ser, se dijo él. Por una vez que necesitaba que sus encantos funcionaran con una mujer... La auditora que Game Town había contratado era su prioridad y acabaría llevándola a su terreno, costara lo que costara.

Aunque, en ese momento, las cosas no iban como le gustaría. Emma había rechazado las flores, y en un tiempo récord. No había muchas posibilidades de que Pam hubiera recibido el mismo ramo el mismo día.

–¿Ha venido la señorita Dempsey a traer esto? –preguntó él.

Pam sonrió. Parecía encantada de tener el precioso arreglo floral en su mesa. Al menos, alguien disfrutaba de las flores, se dijo él.

–Sí. Me dijo que era alérgica y que era mejor que me las quedara. Son bonitas, ¿verdad?

Jonah tomó nota mentalmente de que debía regalarle flores a su secretaria de vez en cuando. Y a todas las secretarias de la empresa. Tenerlas contentas era bueno para su productividad. Probablemente, les gustaran más que las máquina de Comecocos que embelesaban a sus programadores. El equipo administrativo era una pieza esencial de la empresa también.

–Preciosas, sí –dijo él, y se metió en su despacho dando un portazo. No creía que Emma fuera alérgica.

Era una cuestión de tozudez, más bien. Nunca se había topado con una mujer tan reacia a sus atenciones. Y no entendía por qué actuaba así.

Jonah se sentó y encendió el ordenador, furioso. Se preguntó si, tal vez, había tenido alguna aventura con ella alguna vez. O con alguna de sus amigas. Tenía la actitud de una mujer despechada.

Pero no era posible. A pesar de que había salido con muchas mujeres, Jonah se acordaba de sus nombres y sus caras. Nunca había visto a Emma Dempsey antes. Si ella estaba dolida con los hombres como él, no podía ser por su culpa.

Sin embargo, tenía que hacerla cambiar de actitud. El trato con Game Town dependía de ello. Aunque pudiera ponerle las manos encima a Noah y sacarse de la manga tres millones de dólares de un día para otro, el apunte estaría en los libros.

El sonido del teléfono lo sacó de sus pensamientos. En la pantalla aparecía un número no identificado.

–Jonah Flynn –contestó.

–Hola, soy tu hermano favorito.

Jonah inspiró hondo antes de decir nada. Era mejor elegir cada palabra con cuidado.

–Ya te he dicho antes que Elijah es mi hermano favorito. Pero me alegro de que llames, Noah, justo te estaba buscando.

Su hermano rio. Los dos sabían que el funcionamiento de FlynnSoft no tenía nada que ver con Noah. Él tenía su nombre en un despacho, cobraba un sueldo a fin de mes y solo en raras ocasiones, cuando no estaba ocupado con algún divertimento, ayudaba a organizar el torneo de golf benéfico de la empresa.

–¿Qué es tan importante que no puede esperar a que vuelva de mi viaje? Esta llamada me está costando una fortuna.

–¿Qué? –replicó Jonah–. ¿Unos tres millones de dólares?

El silencio al otro lado le dijo a Jonah todo lo que necesitaba saber. Noah se había llevado el dinero, pero no había pensado que alguien lo averiguaría tan rápido. En cualquier otra ocasión, incluso, podía ser que nadie se habría dado cuenta antes de que lo hubiera devuelto. Pero su hermano había elegido un momento pésimo para hacerlo y Emma lo descubriría, estaba seguro.

–Mira, no me importa si te lo has gastado en prostitutas y bebidas azucaradas o en construir escuelas para los pobres, pero quiero que lo devuelvas.

–Sí, bueno, no es fácil lo que me pides. Ahora mismo no tengo el dinero. Pero espero tenerlo pronto.

–¿Cuándo?

–Dentro de dos semanas, a lo sumo.

–De acuerdo, bien. Pero, si no está de vuelta en los quince minutos siguientes a tu regreso a Estados Unidos, voy a sacarte cada céntimo a puñetazos.

–Jonah, yo…

–No quiero excusas. Vuelve con tres millones o te haré desear no haber vuelto jamás. ¿Te queda claro?

Noah no intentó discutir.

–Muy claro. ¿Se lo has dicho a mamá?

Fue Jonah quien rio, entonces.

–No. Y no tengo intención de hacerlo, a menos que sea necesario. Tú y yo sabemos que su corazón no podría soportar el disgusto. Aunque eso no te impide traspasar los límites una y otra vez.

–Nunca le haría daño a mamá a propósito, ya lo sabes.

Jonah meneó la cabeza, furioso.

–No importa si es a propósito o no, pero lo haces. Solo piensas en ti mismo.

–Y tú solo piensas en tus empleados y en tu empresa –repuso Noah–. Ignoras a toda la familia. ¿Cuándo fue la última vez que fuiste a visitar a mamá? ¿Cuándo has venido a mi casa? ¿O a la de Elijah? Me acusas de gastarme el dinero en prostitutas y tú gastas todo tu tiempo en estar con vanas supermodelos.

Jonah apretó los dientes. Si tuviera tiempo, volaría a Tailandia para darle un puñetazo en la cara. Su hermano pequeño pensaba, al parecer, que se había sacado la empresa de la manga. No se daba cuenta de que había tenido que dedicarse en cuerpo y alma a levantar la exitosa compañía de software que los mantenía a él y a su familia. Sí, era cierto que no pasaba mucho tiempo con ellos, pero cada uno tenía su propia vida. Y tampoco ellos habían ido a visitarlo.

–La empresa es importante para mí, sí. Da empleo a mucha gente, tú incluido, por si se te ha olvidado. Me enorgullece lo que he creado y no voy a perderlo por culpa de tus caprichos. ¿Sabes que la auditora enviada por Game Town está aquí? Tu pequeño desfalco puede costarnos perder un lucrativo contrato con ellos.

–Diablos. Me olvidé de eso por completo. No pensaba…

–No, tú nunca piensas, Noah.

Hubo otro silencio en la línea. Jonah tomó aliento.

–¿Crees que lo descubrirán? –preguntó su hermano.

–Probablemente. No te has tomado ninguna molestia en borrar las huellas de lo que has hecho. Pero estoy intentando arreglarlo. Paul va a hacer algunos movimientos para cubrir el agujero temporalmente hasta que tú lo devuelvas.

–Te lo devolveré, Jonah.

–Sí, sí. No hagas que me arrepienta de confiar en ti.

–Te prometo que no te arrepentirás.

–Nos vemos cuando vuelvas –dijo Jonah, y colgó.

Quería creer a su hermano, pero le resultaba difícil. Nunca había sido un mal chico, aunque estaba demasiado acostumbrado a salirse con la suya. Era el menor de la familia y el malcriado de su madre, sobre todo, desde que su padre había muerto. Cuando había crecido, todo el mundo se había esforzado por darle todo lo que había querido.

Lo que tenía que hacer era poner a Noah a trabajar a tiempo completo para recaudar fondos para causas benéficas, caviló Jonah. Su hermano tenía un don para convencer a la gente. Quizá, esa era su vocación oculta y podía aprovecharla para algo bueno.

Aunque, primero, tenía que ocuparse de que la alocada actuación de su hermano no le costara perder un jugoso contrato.

Jonah se recostó en el asiento y le dio un mordisco a su donut. El día se había complicado demasiado y apenas eran las nueve de la mañana. Tenía que buscar la manera de reemplazar el dinero robado hasta que Noah volviera. Y encontrar cómo ponerlo en su sitio sin que quedara registrado en los libros.

Hasta entonces, tenía dos semanas para atravesar las defensas de Emma. El enfoque directo no funcionaba, al parecer. Nunca había tenido que suplicar o presionar a una mujer para que saliera con él y no iba a empezar en el presente. Quería que ella acudiera a él por propia voluntad, y no tan rígida y distante como se mostraba.

Era una pena que Emma fuera una mujer tan hermosa. Era sensual, aunque parecían decidida a mantener su atractivo a raya. Jonah lo adivinaba por el contoneo de sus caderas y por la forma en que sus labios carnosos se entreabrían cuando se acercaba a ella. No le era indiferente, seguro. Aunque estaba claro que ella no quería admitirlo.

Sin embargo, podía idear un plan para seducirla. Si no quería salir a cenar con él, al menos, se aseguraría de que se fuera a casa cada tarde pensando en él, ya fuera a causa de su irritación o de su deseo reprimido. No importaba. Cualquiera de las dos emociones servirían para hacerle perder concentración en la auditoría.

Paul necesitaría un par de días más para conseguir el dinero. Hasta entonces, Jonah tenía que atender un asunto extraoficial.

Metiéndose el resto del donut en la boca, se levantó y se fue en busca de su sensual y severa auditora.

Capítulo Cuatro

Emma estaba loca de ganas de irse a casa. Hiciera lo que hiciera, siempre se topaba con Jonah. No la seguía, no. Lo que pasaba era que él siempre estaba en medio. Levantaba la vista de la fotocopiadora y lo veía en el pasillo, hablando con alguien. Él la miraba y sonreía con una sonrisa desarmadora, antes de seguir con su charla. Se lo encontraba en la cafetería, en el restaurante, en el pasillo… todo el tiempo.

Y, cuando Jonah no estaba, se sorprendía a sí misma pensando en él con una confusa mezcla de irritación y deseo.

No quería reconocerlo, pero ninguna mujer de carne y hueso podía resistirse a los encantos de Jonah. Emma había hecho todo lo posible, pero él socavaba sus defensas con insistencia. Tampoco ayudaba, por supuesto, saber cómo era en la cama, ni recordar cómo su cuerpo desnudo le había dado placer anónimo y desinhibido en la noche más loca de su vida. No podía concentrarse. Los números de los libros de cuentas se volvían borrosos y no lograba sumar dos y dos, por mucho que lo intentara. No estaba centrada en su trabajo, sino en el encantador y sexy director.

Era un alivio irse a casa, el único sitio donde sabía que estaba a salvo de Jonah Flynn. Al llegar, algo en su femenina decoración, en los colores alegres y suaves de los cojines y las cortinas la ayudó a relajarse. Había decorado ella misma su piso, como un acogedor refugio en medio del caos de la ciudad.

Aun así, cuando se hubo quitado la ropa de trabajo para ponerse algo más cómodo, se dio cuenta de que seguía sin estar a salvo de Jonah. Al mirarse en el espejo del baño, cuando iba a ponerse una camiseta, se fijó en el tatuaje del medio corazón que decoraba su pecho.

Todavía recordaba cómo, aquella noche, Jonah le había invitado a deshacerse de todo su sentido común con solo el poder de su sonrisa y sus preciosos ojos azules.

–Hagámonos un tatuaje –había propuesto él.

Emma no se había dado cuenta de que estaban parados en la acera, en la puerta de un estudio de tatuajes.

–Dos mitades de un corazón –le había sugerido él, y había posado la mano en su escote. Con la punta de los dedos, le había acariciado con suavidad la curva del pecho, haciendo que una oleada de placer la recorriera–. Justo aquí –había continuado, mostrándole cómo su mano sería la continuación del dibujo en el pecho de ella–. Si estamos hechos el uno para el otro, te encontraré después de esta noche. Y ese corazón será la forma en que nos reconoceremos.

A Emma se le había llenado de emoción el corazón. Su sugerencia era romántica, espontánea y completamente estúpida. Ella nunca jamás había pensado en hacerse un tatuaje. Pero esa noche había hecho muchas cosas nuevas en su vida. Bajo sus caricias y su penetrante mirada azul, no había podido negarse.

Se tocó el medio corazón delante del espejo. Intentó imaginarse que era él quien la tocaba y, al instante, un escalofrío de deseo la recorrió. El vello se le erizó. Había sido el último hombre con el que se había acostado, hacía tres meses. Cuando se había dado cuenta de que estaba embarazada, se le habían quitado las ganas de tener relaciones sexuales con nadie más. Sin embargo, después de haberse vuelto a encontrar con él, parecía que las hormonas se le habían revolucionado.

Sonrojada por el deseo que le despertaba solo pensar en él, se puso la camiseta y se fue a la cocina a preparar la cena.

Era martes y, si seguía soñando despierta, llegarían las chicas antes de que estuviera lista.

Cada martes, Lucy, Harper y Violet se reunían en su casa para cenar y ver sus series favoritas de televisión. Hacían turnos para cocinar o comprar comida a domicilio. Esa noche, ella le había prometido a Lucy que le prepararía su plato favorito, y se le estaba haciendo tarde.

Encendió el horno y preparó los ingredientes de la receta. Una de las pocas cosas que su hermana le había enseñado antes de morir.

Todo lo demás que había aprendido de Cynthia había sido de dudoso valor. Tenía dieciséis años cuando su hermana murió y, cuando sus padres se habían enterado de su escandalosa vida secreta, habían llenado las salidas de Emma de restricciones para que no siguiera sus pasos. Ella no había sido una niña problemática. Aunque Cynthia también había parecido perfecta.

Cuando había sido lo bastante mayor como para ocuparse de su propia vida, Emma había pensado en rebelarse, pero no lo había hecho. Se había metido en un club de chicas de buena familia, dedicadas a hacer servicios a la comunidad. Había sido testigo del sufrimiento de sus padres a causa de su hermana y lo único que había querido había sido comportarse como una hija ejemplar. Cuando, al fin, había perdido la virginidad en la universidad, había sido con un joven bien educado y acomodado con el que había estado saliendo durante seis meses y con quien había esperado casarse. Ella había fingido ser la típica joven de alta sociedad sofisticada y remilgada que sus padres habían soñado y, un tiempo, lo había logrado.

Solo se había soltado el pelo la noche en que había conocido a Jonah. Se había puesto a beber tequila con un desconocido, lamiéndole la sal de cuello y succionando un limón de sus jugosos labios. A partir de ahí, se había dejado llevar por un camino que había terminado con tatuaje en el pecho y un test positivo de embarazo. En una noche había echado a perder toda una década de buen comportamiento. No tenía ni idea de cómo iba a contárselo a sus padres.

Emma abrió el paquete de pasta y lo echó al agua hirviendo. Había sido demasiado fácil dejarse llevar esa noche. Parte de ella había comprendido cómo su hermana se había sumergido en una relación apasionada e ilícita mientras había estado prometida con otra persona. El placer y la excitación eran muy tentadores. Por otra parte, sin embargo, sabía que nada de eso merecía que echara su vida por la borda.

No podía hacer nada para cambiar sus elecciones del pasado, pero no iba a tropezar dos veces con la misma piedra. Jonah Flynn era la clase de hombre capaz de hacerle olvidar sus prioridades. Eso le convertía en alguien peligroso. Le contaría lo del bebé cuando hubieran terminado la auditoría y ella hubiera hecho su trabajo. No podía saber la verdad sobre su identidad o el embarazo hasta entonces. Por eso, era imperativo que no bajara la guardia.

–¡Estamos aquí! –llamó Violet desde el salón.

–Estoy en la cocina –repuso ella. Desde que le había dicho al portero que podía dejarlas pasar, las chicas solían presentarse en su casa sin llamar–. Todavía no está la cena, lo siento.

Entraron en la cocina y dejaron unas bolsas de papel sobre la mesa.

–No hay prisa –aseguró Harper–. He traído una botella de *chardonnay* y Violet trae queso y galletas saladas. El vino es solo para nosotras, claro –añadió–. También tenemos tiramisú –dijo, colocando el tentador postre sobre la mesa.

Emma suspiró.

–Dijiste que FlynnSoft tenía un gimnasio, ¿no? Después de comer todo esto, voy a tener que pasarme por allí o me pondré como una vaca con el embarazo. Ahora que he recuperado el apetito, me paso comiendo todo el tiempo.

Harper sonrió y asintió.

–Está en la planta baja, cerca de la entrada. No tiene pérdida. No suele haber nadie por allí después de las seis.

–No sé de qué te quejas –señaló Lucy. Alargó la mano y la posó en el vientre de Emma–. Tienes aspecto de haber comido mucho, no de estar embarazada de tres meses. Creo que puedes permitirte unos cuantos carbohidratos de más.

–Me alegro de que pienses eso. Pues abramos esas galletas. Estoy muerta de hambre.

Violet abrió el paquete mientas Lucy sacaba copas del armario y el sacacorchos de un cajón.

–¿Qué tal va el trabajo en FlynnSoft? –preguntó Lucy mientras Harper servía las copas.

Algo en el tono de Lucy preocupó a Emma. Cuando se volvió para mirar a Harper, supo al instante que se le había escapado su secreto sobre Jonah. Maldiciendo para sus adentros, les dio la espalda y siguió removiendo la salsa.

–Imagino que todas estáis al día de quién es Jonah. Gracias, Harper. Así que iré al grano. Nunca he conocido a un hombre tan insistente. Deberíais haber visto su cara cuando le dije que no iría a cenar con él. Era como si fuera la primera mujer en su vida que lo rechazaba.

–Probablemente, lo eres. Te aseguro que yo no le diría nunca que no –admitió Violet.

–Bueno, pues alguien tiene que hacerlo –repuso Emma–. No es un dios. No puede salirse con la suya a todas horas. Esa clase de arrogancia me pone furiosa.

–Nunca me ha parecido arrogante –comentó Harper, encogiéndose de hombros–. Es seguro de sí mismo, muy inteligente. Sabe lo que quiere y cómo conseguirlo. A mí eso me resulta atractivo. Pero tú estás decidida a no sentir simpatía por él. Aunque se dedicara a salvar cachorros de edificios en llamas, te seguiría cayendo mal.

Emma abrió la boca para negarlo, pero sabía que no tenía sentido. Era la verdad. Aunque tampoco lo odiaba. No podía odiar al padre de su hijo. Pero necesitaba fijarse en sus defectos, por su propio bien.

–Es mejor así, confía en mí.

–¿Por qué, Emma? –preguntó Lucy, tomando asiento a su lado–. Y no me cuentes una historia sobre tu hermana. Tú sabes mejor que nadie que no eres ella. No vas a decepcionar a tus padres, hagas lo que hagas. Eres una buena persona. No tienes por qué castigarte por pecados que no has cometido.

En vez de responder, Emma coló la pasta y empezó a mezclarla con la salsa. Luego, le puso queso y la metió en el horno. ¿Qué podía decir a eso?

–No me estoy castigando.

–Sí lo haces –insistió Harper–. Si no es por los pecados de tu hermana, entonces, por lo que hiciste en esa fiesta de disfraces. Creo que el castigo es desproporcionado al crimen cometido.

–Esa noche fue un error que nunca podré enmendar. ¿No crees que quedarme embarazada de un extraño, fuera del matrimonio, decepcionaría a mis padres?

–Puede que no les entusiasme, pero los nietos siempre son una alegría.

–Te lo recordaré cuando te quedes embaraza accidentalmente de un hombre cuyo nombre no conoces, Violet.

–Mira, cariño –señaló Harper–. He metido mucho la pata con los hombres. Pero ni uno de mis mejores momentos puede compararse a la historia tan sexy y romántica que tú has vivido. Entiendo que te hayas asustado y tengas miedo de tirarte a la piscina. Pero, si no estás lista para sumergirte, al menos, mete los pies en el agua. Soltarte el pelo de vez en cuando no puede hacerte daño. Hasta puede sentarte bien.

Emma se secó las manos en los pantalones y miró con envidia la copa de vino de sus amigas. Si no ponía punto y final a esa discusión, las tres seguirían asediándola y se perderían la serie que siempre veían.

–Me parece muy bien, pero no voy a tirarme a ninguna piscina con Jonah Flynn. Tampoco creo que él quiera nada una vez que sepa que estoy embarazada.

–¡De su hijo! –puntualizó Lucy.

–No importa. ¿Acaso te parece que tiene pinta de padrazo? Te he contado mis razones para evitar a Jonah pero, por si no te parecen suficientes, ten en cuenta que podía suponer un conflicto de intereses. Estoy auditando su empresa. Si sale a la luz que ha habido algo entre Jonah y yo, perderé toda la credibilidad. Lo más probable es que pierda el trabajo y mi reputación quede permanentemente dañada. Ningún hombre, ni siquiera Jonah Flynn, vale tanto como para eso.

–Bueno, lo van a averiguar cuando nazca el bebé y todo el mundo adivine lo que pasó entre vosotros. Eso no puedes evitarlo. Lo mejor es que le digas a Tim que no puedes hacerlo.

–Sí, seguramente es lo más ético. Pero no puedo. Necesito demostrar que soy capaz, aunque tenga que correr el riesgo de que se sepa la verdad.

Harper asintió con resignación y Lucy suspiró. Emma esperaba que sus amigas dejaran el tema de una vez, al menos, durante un par de horas.

–Claro –dijo Harper con una sonrisa–. Si yo fuera a arriesgar mi reputación y echar a perder mi carrera por un hombre, sería por él.

Jonah estaba sentado en su despacho el miércoles por la tarde cuando sonó el teléfono. Reconoció el número de su asesor financiero, Paul. Con suerte, serían buenas noticias, se dijo.

–Paul. Dime lo que quiero escuchar.

Hubo un titubeo al otro lado de la línea, que delataba que no iba a ser así.

–Siento tener que decírtelo, Jonah, pero voy a necesitar, al menos, dos días más. Podíamos intentar pedir un préstamo a corto plazo, pero los bancos son un poco reacios a prestar dinero, tal y como está el mercado, ya lo sabes. Dudo que pueda conseguir nada antes. ¿Hay alguna posibilidad de que se lo pidas prestado… a… tu…?

–¿A mi madre?

–Tiene más liquidez que tú. Por eso se me ha ocurrido la idea.

Jonah negó con la cabeza.

–No quiero que mi madre sepa que Noah se ha llevado dinero de la empresa. A cualquiera que le pidas tres millones de dólares, querrá saber para qué. Seguro que me lo preguntaría, al menos, a mí. Aunque a Noah se lo daría sin pestañear.

–Entonces, ¿por qué no se lo pidió a ella desde un principio?

Jonah se pasó los dedos por el pelo.

–No tengo ni idea. Cuanto menos sepa sobre lo que hace mi hermano, mejor. Escucha, mueve el dinero tan rápido como sea posible y yo haré todo lo que pueda por mi parte.

Después de colgar, Jonah volvió a pensar en Emma. Le había dado algo de espacio esa mañana, pensando que, tal vez, conseguiría el dinero y no tendría que seguir acosando a una mujer que claramente no estaba interesada en él. Era divertido, un reto al que nunca se había enfrentado antes, pero no podía pasarse todo el tiempo intentando derretir a la princesa de hielo. Tenía que ocuparse de su empresa.

Sin embargo, tras mirar su agenda, comprobó que tenía un hueco en ese momento. Así que se levantó de la mesa y se fue en busca de su huidiza presa.

La vio en la planta veinticuatro, en el pasillo. Estaba apoyada sobre la fotocopiadora, apretando botones y ojeando las páginas que la máquina escupía. Él tuvo la tentación de acercarse por detrás sin hacer ruido y susurrarle algo al oído, pero desechó la idea. Estaba seguro de que solo lograría llevarse una bofetada o una patada en la entrepierna.

La observó de lejos, admirando las curvas de sus pantorrillas bajo una falda que le llegaba por la rodilla. Tenía un bolígrafo en sus carnosos labios, que suplicaban ser besados.

Lo mejor de contemplarla desde allí era que ella tenía la guardia baja. Estaba relajada, con una mirada soñadora en los ojos, mientras el sonido de la fotocopiadora mecía sus pensamientos. Él no sabía qué tendría en la cabeza, pero la vio sonreír. El gesto le iluminó el rostro. Era la primera vez que la veía sonreír de forma genuina.

Entonces, Emma se giró hacia el pasillo y lo sorprendió allí. Le recorrió el cuerpo con la mirada, solo un momento, y se pasó la lengua por los labios. Él creyó percibir en sus ojos algo parecido al deseo, pero antes de que pudiera estar seguro, ella se dio media vuelta y comenzó a caminar en dirección opuesta, con un montón de papeles en las manos.

De nuevo, lo estaba evitando.

Jonah la siguió. Era fácil alcanzarla, pues con los tacones que llevaba no podía correr mucho. Se fijó en un cuarto de la limpieza que había a su lado y, sin perder el tiempo en saludarla, la agarró de la cintura, abrió la puerta y la arrastró dentro.

–¿Qué diablos? –protestó ella.

Él cerró la puerta y, al instante, se quedaron a solas en el pequeño cuarto.

Olía a productos de limpieza y a cartón, pero el sutil aroma de Emma le llegó directo al cerebro, despertando su deseo. El recuerdo de su noche con la dama mariposa inundó su mente. Le había hecho el amor en el pequeño espacio de un cuarto de lavadoras, en la fiesta. Si hubiera tenido una segunda oportunidad con ella, habría optado por una cama con sábanas de satén y pétalos de rosa. Eso era lo que ella se había merecido.

De nuevo, como en aquella ocasión, el cuarto de la limpieza no era el mejor lugar para un encuentro romántico, pero tenía que adaptarse. Lo cierto era que no tenía intención de seducirla allí. Más bien, era la única manera que se le había ocurrido para hablar con ella a solas. Estaba cansado de jueguecitos.

La agarró con fuerza de la cintura, para que no pudiera alejarse. Tenían que hablar sobre lo que estaba pasando, le gustara a ella o no.

Por el momento, Jonah estaba satisfecho de cómo le estaba saliendo la jugada. Emma estaba muy rígida y callada entre sus brazos. Podía escuchar su respiración acelerada.

Mientras la vista se le acostumbraba a la penumbra, se fijó en los suaves contornos de su rostro. Emma tenía los ojos cerrados, los labios apretados, los hombros levantados. No quedaba nada de la mujer relajada que había estado haciendo fotocopias hacía unos segundos.

–Tranquila, Emma. No muerdo.

–Tengo que volver al trabajo –dijo ella, aunque su voz no sonó demasiado decidida.

Jonah lo advirtió y se preguntó por qué se resistía tanto. Los dos podían pasar un buen rato juntos.

–Quiero hablar contigo primero. Me has estado evitando y no me has dejado más elección que raptarte para que escuches lo que tengo que decirte.

–No voy a hablar contigo en un cuarto de la limpieza a oscuras. No es apropiado –protestó ella, forcejeando inútilmente para soltarse.

Jonah contuvo un gemido, con sus movimientos para liberarse, ella le rozaba el vientre contra su creciente erección.

–Para –dijo él–. Solo quiero hablar. No tengo intención de aprovecharme de ti aquí, pero si sigues frotando tus caderas con las mías de esa manera, igual tengo que hacer un cambio de planes –advirtió–. Sé que no tienes muy buena opinión de mí y crees que soy un mujeriego, pero te aseguro que prefiero una cama de matrimonio para esa clase de cosas.

–No quiero hablar. Ni ver tu cama.

–No te lo he pedido.

Emma dejó de forcejear y lo miró. Parecía estar buscando algo en su rostro. Por fin, sus miembros se relajaron.

–Entonces, ¿qué quieres, Jonah?

Él podía responder que quería distraerla hasta que pudiera arreglar el desorden que había causado su hermano. Pero la verdad era que esa no era su principal motivación, al menos, en ese momento. Había algo en la forma en que ella pronunciaba su nombre que le hervía las venas. Era diferente del deseo que solía sentir por las mujeres atractivas con las que salía. Era mucho más poderoso. Y le urgía a actuar.

–Solo quiero que lo sepas. Hay algo especial entre nosotros… No sé lo que es, pero quiero ver dónde nos lleva –admitió él, y la soltó de la cintura. Posó una mano en su mejilla y le acarició el rostro. Necesitaba tocarla, aunque se ganara una bofetada.

En lugar de pegarle, sin embargo, Emma contuvo el aliento. Al parecer, él no era el único que se derrumbaba bajo la poderosa atracción que sentía.

–Di lo que quieras, pero sé que tú también lo sientes. Deja de luchar contra ello.

–Yo… –empezó a decir ella, aunque se había quedado sin palabras.

Tampoco a él se le ocurrió qué decir. Así que se inclinó hacia delante y la besó. Esperaba encontrar resistencia, pero no fue así. Solo hubo un ligero titubeo. Y rendición. Quizá bajo el embrujo del momento, su rígida auditora se derritió en sus brazos.

No se había equivocado al juzgarla, pensó Jonah. Bajo su severo aspecto, había una mujer sensual necesitada de placer. Y él se lo daría con mucho gusto.

Profundizando el beso, Jonah entrelazó sus lenguas, bebiendo su sabor a canela especiada. Emma era una caja de sorpresas.

Ella le rodeó del cuello con los brazos, apretándose contra su cuerpo. La oscuridad y su cercanía despertaron de nuevo en él recuerdos de su misteriosa dama mariposa. Por un instante, creyó que estaba con ella.

Sin pensar, posó la mano en su escote, un poco por encima de un pecho, justo donde tendría el tatuaje su amante secreta.

Emma debió de malinterpretar sus intenciones, porque se puso rígida y se apartó de golpe.

–¿Qué diablos estás haciendo?

–Espera –rogó él, y se volvió para buscar el interruptor de la luz.

Emma aprovechó el descuido para dar un paso atrás y agarrar el picaporte. La puerta se abrió, inundando el pequeño cuarto de luz. Ella salió corriendo por el pasillo, en dirección al baño de señoras.

Jonah apoyó la cabeza contra la pared y se pasó la mano por el pelo, rezando porque desapareciera su poderosa erección.

Había sido una mala idea. Si de verdad había querido hablar, no había tenido por qué meterla en un cuarto a oscuras. Su cuerpo le había delatado. Y había llevado las cosas demasiado lejos.

Meneando la cabeza, caviló que algo andaba mal. No entendía por qué ella estaba tan nerviosa a su lado. Ni por qué lo evitaba a toda costa. Se negaba a aceptar sus regalos y no quería salir a cenar con él. La había visto relacionarse con otros empleados y, con el resto de la gente, su máscara de severidad desaparecía.

Parecía decidida a mantener un muro entre los dos. Y ese muro se había derrumbado durante unos segundos. Ella le había dejado acercarse pero, enseguida, había reaccionado y había salido corriendo en dirección opuesta.

Por alguna razón, ella lo había rechazado desde el primer momento. Jonah no lo entendía en absoluto. Sí, tenía sus defectos, pero también era un hombre amistoso y sociable. ¿Por qué luchaba ella con tanto tesón contra lo que su cuerpo obviamente deseaba?

A menos que…

Jonah tragó saliva y miró hacia donde Emma había desaparecido. Quizá era demasiado tarde para su plan. Tal vez, la auditora había encontrado las discrepancias en el libro de cuentas. Si ese era el caso, podía explicarlo todo.

¿Quién iba a querer salir con un hombre del que tenía que reportar un desfalco en sus cuentas?

Capítulo Cinco

Jonah tuvo que volver a su despacho para una videoconferencia después del incidente con Emma, pero no iba a olvidarse de lo que había pasado. O bien ella sabía lo del dinero o no. O lo odiaba o le gustaba. Él iba a averiguar la verdad, costara lo que costara.

A la mañana siguiente, la encontró sentada en su despacho temporal. La observó en silencio unos minutos, mientras ella estudiaba con intensidad unos papeles. Arrugó la nariz un poco, frunciendo el ceño mientras escrutaba cada número.

Incluso inmersa en el trabajo, seguía manteniendo una postura impecable, sentada con la espalda recta y el pelo recogido en un apretado moño.

Sin levantar la vista, se colocó detrás de la oreja un mechón de pelo que se le había escapado y empezó a tomar notas en un cuaderno de espiral. Tenía una caligrafía perfecta.

Auditora o no, Jonah estaba genuinamente interesado en Emma y eso le sorprendía. Le resultaba irritante y, al mismo tiempo, era un fascinante puzle que quería resolver. El encuentro del día anterior solo había servido para añadir intriga al cóctel.

–¿Qué sucede, señor Flynn? ¿Se ha quedado sin mujeres a las que raptar? ¿Por eso ha decidido pasarse otra vez por mi despacho?

El sonido de la voz de Emma lo sacó de sus pensamientos. Ella no parecía tan tensa como el día anterior. Incluso, había un tono divertido en sus palabras. Había hecho bien en darle espacio, se dijo él.

–Siento lo de ayer. No pretendía...

–No pasa nada –le interrumpió ella–. No hay problema. Finjamos que nunca pasó.

Jonah no se había esperado eso. Había esperado encontrarla dispuesta a pelear o, al menos, a ponerle una denuncia por acoso. Pero, en vez de eso, insistía en hacer como si nada hubiera pasado. Tal vez, no había encontrado el desfalco de Noah, después de todo.

–¿Podemos hablar de ello?

–Prefiero que no.

Sonrojada, Emma bajó la vista a los papeles. Parecía avergonzada. Jonah no entendía nada. Tenía ganas de besarla de nuevo, pero no a oscuras, para poder ver el rubor en sus pálidas mejillas.

–Deja que lo arregle de alguna manera.

Ella miró al techo y dio un respingo.

–Por favor...

–¿Me pides que salga a cenar contigo? De acuerdo, acepto –dijo él–. ¿Qué te parece *sushi*? Tengo ganas de ir a un japonés que acaban de abrir.

Emma se quedó perpleja por la inesperada reacción.

–¿Qué? No.

–¿No te gusta el *sushi*? Tienes razón, a mí tampoco me gusta tanto. ¿Qué tal un asador?

–No, quiero decir que no quiero ir a cenar –replicó ella, roja como un tomate, sin duda, por la irritación.

Cuando pasó delante de él y salió al pasillo, Jonah se tomó un momento para admirar cómo le sentaban los pantalones ajustados negros que llevaba. Después, la siguió para alcanzarla.

–¿Por qué no?

–No sería apropiado –respondió ella, sin volverse.

–¿Quién lo dice? No soy tu jefe. No veo qué tiene de malo que te invite a cenar como bienvenida amistosa a nuestra empresa. Yo saco a mis clientes a comer todo el tiempo.

–No tienes reputación de ser solamente amistoso con las mujeres.

Sus palabras le sonaron como cuchillos a Jonah. Adivinó que su rechazo tenía que ver con la mala opinión que ella tenía de su vida amorosa.

–Entonces, ¿lo que pasa es que no quieres que te vean en público con un mujeriego como yo? ¿Dañaría tu reluciente reputación?

Emma dobló una esquina, probablemente, en dirección a la fotocopiadora de nuevo.

–Honestamente, sí. He trabajado mucho para llegar adonde estoy. No me interesan los hombres como tú, ni la clase de amistad que me ofreces.

Se detuvieron delante del ascensor y ella apretó el botón de bajada, negándose a mirarlo a los ojos. Jonah seguía sin entender nada. Sus palabras no encajaban con la mujer que tan ardientemente le había devuelto el beso el día anterior.

–No lo sé… –dijo él, dejando que una sonrisa pintara sus labios–. Puede que te guste ensuciar tu reputación conmigo. Ayer no pareció molestarte tanto.

Emma le lanzó una rápida mirada, frunciendo el ceño.

–O puede que acabe saliendo en uno de esos blogs de cotilleos y siendo la comidilla de todo el sector.

Jonah odiaba esas publicaciones. ¿Por qué les interesaba tanto la vida de los demás?

–¿Qué más da lo que piense la gente de nosotros?

Las puertas del ascensor se abrieron y Emma se apresuró a entrar, seguida de Jonah.

–A mí me importa. Puede que tú seas un millonario excéntrico, pero yo soy una profesional. Algo así me costaría mi puesto de trabajo.

–¿De verdad crees que a tu jefe le importaría que nos vieran juntos? Si es así, ¿por qué quieres trabajar para alguien tan estirado? Ven a trabajar aquí. Nos vendrá bien otra experta en finanzas.

Emma lo miró, al fin, con sus ojos azules como platos.

–Es una oferta muy amable, pero no quiero que digan que me he ganado el puesto en la cama.

De nuevo, Emma no dudaba en insultarlo. Su plan iba cada vez peor, caviló él.

–Nunca he dicho que nos acostáramos, Emma. Solo te he invitado a cenar. Tú has imaginado el resto, basándote en tus prejuicios sobre mí.

El ascensor llegó a su destino y, en cuanto las puertas se abrieron, ella salió a toda prisa.

–No son prejuicios. Ahora lo sé por experiencia propia. Ayer tuve la prueba de que tus intenciones no tienen nada de inocentes.

–Ya me he disculpado por eso. No sé qué me pasó. No volverá a pasar, a menos que tú me lo pidas. Pero ven a cenar conmigo.

Emma se giró se golpe y se puso en jarras.

–¿Por qué insistes tanto? ¿Por qué yo? ¿No tienes a ninguna modelo de ropa interior para que te entretenga?

Jonah se metió las manos en los bolsillos, frustrado. No debía salir con más modelos, se dijo. Le daban una mala reputación e intimidaban a las demás mujeres. Él apreciaba el cuerpo femenino en todas sus formas. Aunque las mujeres rara vez lo entendían. Se comparaban con un ideal perfecto y creían que él no podía desearlas si no encajaban en ese patrón.

–¿Qué pasaría si, de veras, estuviera interesado en ti, Emma? ¿Y si pensara que eres inteligente, divertida y atractiva y quisiera comprobar qué hay entre nosotros? ¿Tan malo es?

–En cualquier otro momento o lugar, quizá no. Pero, según están las cosas, nada de cenas. No voy a salir contigo, gracias –repitió, y se dirigió a la cafetería.

Estaba bastante vacía a esas horas, así que Jonah la siguió. Se negaba a dar por terminada la conversación.

–Deja que, por lo menos, te invite a café.

Emma se rio y se cruzó de brazos.

–Aquí es gratis.

Jonah arqueó una ceja.

–Para mí, no. Yo lo pago todo. De hecho, te he invitado varias veces a comer desde que estás aquí. ¿Qué daño puede hacerte una más? La única diferencia es que comeremos al mismo tiempo, en la misma mesa.

Ella suspiró.

–No vas a irte hasta que acepte tomarme un café contigo, ¿verdad?

–Un café es un buen comienzo.

–Bien –dijo ella–. Quiero una taza grande de té con dos azucarillos y un bollo de canela. Te esperaré en una mesa. Y, cuando hayamos terminado, no quiero volver a verte durante el resto del día, ¿de acuerdo?

Jonah sonrió. Una pequeña victoria era todo un logro en lo relativo a Emma.

–Sí.

La encontró sentada en una mesa en una esquina. Jonah observó en silencio mientras ella le ponía azúcar a su taza.

–¿Qué te llevó a estudiar contabilidad? –preguntó él.

–No me gusta la ambigüedad –respondió ella–. En matemáticas, todo es exacto, no hay decisiones cuestionables. Dos más dos es cuatro. Me gustaba tener una profesión basada en algo estable. También me pareció que era una carrera respetable. A mis padres les complació mi decisión.

–¿Y si hubieras querido ser modelo o estrella del rock? ¿Qué habrían pensado de eso?

Emma meneó la cabeza.

–Nunca habría querido ser algo así. Para empezar, no soy lo bastante guapa o talentosa. Y, aunque lo fuera, no lo haría. Esa clase de personas terminan en las páginas del corazón, junto a tu foto.

Jonah frunció el ceño. No le gustaba la forma en que ella hablaba de sí misma.

–No es tan malo. La gente lee esas revistas porque quiere imaginarse por unos minutos que está en la piel de sus protagonistas. Quieren compartir su glamour y sus vidas excitantes.

–Mi hermana era quien estaba destinada a ser famosa, no yo.

–¿Y a qué se dedica tu hermana?

–A nada. Está muerta –contestó Emma, tomó su taza y su plato–. Lo siento, Jonah, pero tengo que volver al trabajo.

***

Emma se sentó en su silla y enterró la cabeza entre las manos. Las cosas no iban según lo planeado. Antes de que llegara a FlynnSoft, había estado segura de que su atractivo director no se fijaría en ella. Después de haber descubierto que Jonah era el padre de su bebé, era todavía más importante que mantuviera las distancias con él, hasta haber terminado la auditoría. Había una pequeña prueba viviente de que se había acostado con Jonah Flynn, al menos, una vez. Aun así, en las últimas veinticuatro horas, lo había besado en un cuarto oscuro y había aceptado tomarse un té con él.

¿Qué diablos le pasaba? ¿Por qué lo había besado? No tenía excusa. Ni tampoco la tenía por haberse sentado a charlar con él en la cafetería. Sabía que, si le daba la mano, se tomaría todo el brazo. Nada era inocuo en lo que tenía que ver con él.

Igual que le había pasado en aquella fiesta, una fuerza de atracción poderosa e irresistible la empujaba a sus brazos. En el pequeño cuarto de la limpieza, cuando había percibido su calor, su aroma… En cuanto él había posado la mano en su pecho, Emma había recordado el tatuaje y el pánico se había apoderado de ella. No podía dejar que lo viera y que descubriera quién era. Solo había podido salir corriendo. Como aquella noche, no podía cambiar lo que había pasado, pero podía ponerle freno y asegurarse de que no se repitiera. Jonah podía ser parte de su vida como padre de su hijo. Pero nada más.

Sus amigas tenían la culpa. Le habían sembrado la

semilla de la duda cuando habían ido a cenar a su casa. Emma se había quedado pensando en la noche que había pasado con Jonah y lo vacías y miserables que le parecían el resto de sus noches desde entonces.

Se había convencido de que un hombre como Jonah nunca estaría satisfecho con una mujer como ella. Esa noche, no había sido ella misma. La máscara le había ayudado a dejarse llevar y a vivir una fantasía que no olvidaría nunca. No quería que la dura realidad la echara a perder. Sin embargo, el bebé que habían creado esa noche haría necesario destruir esa fantasía, antes o después.

Inexplicablemente, había una atracción entre ambos que no tenía nada que ver con máscaras o secretos. Él no tenía ni idea de quién era ella en realidad y, aun así, parecía genuinamente interesado. Ella no tenía ni idea de por qué. No era posible que la deseara. Más bien al contrario, parecía irritarlo, a juzgar por cómo fruncía el ceño siempre que estaba con ella.

Tal vez, su única intención era embaucarla para que diera una valoración positiva de la auditoría. No sería la primera vez que alguien intentaba presionar o sobornar a un auditor. A Emma nunca le había pasado antes, pero era posible. Quizá, un hombre como Jonah prefería utilizar sus encantos físicos que ofrecerle dinero. La chispa que había entre ellos le facilitaba las cosas, sin duda.

Por supuesto, si él se tomaba tantas molestias, significaba que tenía algo que ocultar…

Una incómoda sensación se le instaló en el estómago. El contrato con Game Town era muy importante para FlynnSoft. Si él temía que descubriera algo que podía ponerle en peligro, sin duda, haría lo que pudiera para distraerla. No necesitaba encontrarla guapa o atractiva para eso. De hecho, no tenía nada que ver con las exuberantes modelos con las que él estaba acostumbrado a salir. Sus sospechas debían de ayudarle a ignorar a Jonah, al menos, por el momento, se dijo Emma.

El resto de la tarde, intentó dejar de lado cualquier pensamiento relacionado con él y se concentró en las cuentas. Cuando levantó la vista, eran más de las seis. Por suerte, Jonah había mantenido su promesa y no se había presentado allí durante el resto del día.

Pensó en recoger e irse a casa, pero una molesta inquietud le atenazaba el estómago. Decidió que había estado demasiado tiempo sentada y que iría al gimnasio de la empresa. Pero antes de dirigirse allí, se detuvo delante de la mesa de la asistente de Jonah, Pam.

–¿Se ha ido ya el señor Flynn?

–Sí, tenía una cita a las cinco y media.

Perfecto, pensó ella.

–Gracias.

Emma se dirigió a su destino, contenta porque podría hacer ejercicio en paz. En el vestuario, se puso unos pantalones cortos de deporte y una camiseta de tirantes que dejaba parcialmente expuesto su tatuaje y enfatizaba su vientre hinchado por el embarazo. Al ver su reflejo en el espejo, frunció el ceño. No había pensado en eso cuando había preparado la bolsa de deporte, pero pronto tenía que empezar a comprar ropa de premamá.

Pensó en vestirse con su ropa de trabajo otra vez e irse a casa, pero estaba deseando hacer algo de ejercicio. La sala estaba vacía. Y Jonah no se pasaría por allí.

Cualquier otra persona que viera su tatuaje, no comprendería su significado.

Emma se puso los auriculares para escuchar su música favorita y se subió a la máquina elíptica. Cerró los ojos y se dejó llevar por el ritmo. El sudor que le corría por la espalda y el esfuerzo de sus músculos eran agradables distracciones. Llevaba días inmersa en un mar de confusión y excitación. Esperaba que, si hacía suficiente ejercicio, la atracción que sentía por Jonah se esfumaría por los poros de su piel y estaría mejor preparada para lidiar con él.

Al menos, ese era el plan.

Cuando su cuerpo ya no podía más, Emma disminuyó el ritmo y abrió los ojos. Sonrió, complacida con la puntuación que le mostraba la consola. Se había ganado un postre después de la cena. Quizá, se podía tomar un pedazo de chocolate negro para reemplazar el sexo que no pensaba tener.

Paró la música y se bajó de la máquina. Su plan había funcionado. Agarró la botella de agua, le dio un largo trago y se secó la cara con la toalla.

El sonido de una risa masculina la sobresaltó. Se sacó los auriculares de los oídos y se volvió para mirar a su alrededor. El gimnasio estaba tan vacío como antes. Debía de haber sido fruto de su imaginación.

Tomó sus cosas y se dirigió al vestuario. Había pensado ducharse y cambiarse allí, pero el sonido de aquella risa la había puesto nerviosa. Sin esperar más, agarró su bolsa de deporte, se puso un suéter encima de la camiseta y se dirigió a la salida.

Se bañaría en la privacidad de su hogar, donde no tenía que preocuparse por que nadie la observara.

Capítulo Seis

Jonah vio cómo Emma se escabullía por la salida trasera del edificio. Cuando habían cancelado su cita esa tarde, había decidido volver a la oficina. Allí, había planeado entrenar con las pesas y cenar comida para llevar mientras revisaba el correo electrónico.

El gimnasio solía estar vacío por las tardes, y a él le gustaba disfrutar de un poco de soledad. Se pasaba todo el día en reuniones y respondiendo llamadas de teléfono. El tiempo que pasaba en el gimnasio era su momento para perderse en la música y distraerse de sus preocupaciones mientras ejercitaba los músculos. No se había esperado encontrarse con Emma allí. Ella no parecía la clase de chica dispuesta a ensuciarse de sudor. Sin embargo, allí había estado, dándolo todo en una de las máquinas de ejercicios, con los auriculares puestos y los ojos cerrados.

Parecía estar esforzándose al máximo. Tal vez, había necesitado descargar su frustración sexual. Igual él estaba consiguiendo hacer mella en ella, después de todo.

Jonah había estado a punto de saludarla cuando Emma se había bajado de la máquina. La había contemplado desde la puerta mientras bebía agua y se secaba la frente. Había sido entonces cuando había visto algo rojo en su escote. Sin duda, era el tatuaje de medio corazón.

Perplejo, se había mirado el tatuaje de la mano y, luego, había posado los ojos en el vientre ligeramente hinchado de ella. Con el estómago encogido, de pronto, había dejado escapar una risa nerviosa y había salido de gimnasio antes de que ella hubiera podido verlo.

¿Podía ser?

Nunca en un millón de años hubiera él imaginado que Emma podía ser su dama misteriosa. Su mariposa había sido libre, desinhibida, salvaje. En la superficie, Emma parecía todo lo contrario. Aquella noche, su amante desconocida le había dicho que ella no solía actuar de esa manera, pero no la había creído. Todo el mundo solía decir esas cosas cuando se dejaba llevar por una noche loca.

Debería haberle dicho la verdad, caviló. Su dama mariposa le había dicho, también, que no la querría por la mañana, como si fuera a convertirse en una calabaza a la salida del sol. En vez de eso, se había transformado en una severa contable. Una hermosa, elegante y severa contable que tenía todo el aspecto de estar embarazada.

Él no era experto en esas cuestiones. Solo sabía que, hacía tres meses, su vientre era plano como una tabla, temblando de placer por sus besos. ¿De veras podía estar embarazada de un hijo suyo?

Jonah le dio un puñetazo a la pared, lleno de frustración. ¿Un bebé? ¿Emma estaba embarazada? Habían usado protección. Él siempre usaba preservativos. No era ningún tonto. Había muchas mujeres deseosas de tener un hijo suyo para ponerle las manos encima a su fortuna. Emma no parecía una de ellas en absoluto.

Por otra parte, si se lo hubieran preguntado hacía una hora, Jonah habría jurado que ella era la clase de mujer que le diría a un hombre que iba a ser padre de su hijo. Y se habría equivocado.

Meneando la cabeza, se dirigió a su despacho. Se le habían quitado las ganas de hacer ejercicio. Lo que había descubierto lo cambiaba todo.

Al principio, había perseguido a Emma solo por una cuestión de negocios. Sí, distraerla habría sido una tarea agradable, mientras se arreglaba el desfalco de Noah. Cuando ella lo había rechazado, se había convertido en un reto. Él siempre disfrutaba tratando de vencer en retos imposibles.

Sin embargo, en el presente, se había convertido en una cuestión de orgullo. Emma sabía quién era él. Lo había sabido casi desde el primer día. Había visto su mano y su tatuaje, pero no había dicho nada, a pesar de estar embarazada de un hijo suyo.

¿Por qué? Se suponía que los tatuajes iban a servir para unirlos. Eran el único recuerdo que tenían de aquella noche fantástica. Haber visto el tatuaje de él debería haber sido una sorpresa agradable para Emma, sobre todo, cuando no tenía otra manera de contactar con el padre de su hijo. Si él la hubiera encontrado primero, le habría confesado su identidad al instante. A menos que ella pensara que su noche juntos había sido un error. O que no quisiera que estuviera presente en la vida de su bebé.

¡Imposible!, se dijo. ¿Qué mujer no quería que el padre de su hijo fuera un hombre rico, atractivo y exitoso?

Jonah pasó por delante del puesto de Pam y tomó una revista del corazón que su secretaria tenía sobre la mesa. Estaba abierta en una página que lo mostraba a él con una mujer con la que solo había salido una o dos veces. El titular rezaba: «Guapo empresario sale con una modelo de lencería».

Frunció el ceño.

De acuerdo. Tal vez su fama no le estaba ayudando en nada. Tenía reputación de soltero recalcitrante, y le gustaba. Las mujeres se contentaban con disfrutar de él, aunque solo fuera un momento.

Emma era distinto. Eso lo sabía. No era la clase de persona que soportaría a un mujeriego a su lado. Era romántica a la vieja usanza. No quería flores ni joyas, sino tiempo y afecto. Era la clase de chica de la que él huía.

Aun así, era la misma que había llenado las noches de los últimos tres meses de fantasías eróticas. Había ocupado sus pensamientos desde entonces. Había comparado con ella a todas las demás, y ninguna había estado a la altura.

Abrió la puerta de su despacho y lanzó la bolsa de deporte a una silla. La misma silla donde ella se había recuperado de un ataque de pánico.

Casualmente, eso le había ocurrido justo después de que se hubieran estrechado las manos. Sin duda, había sido en ese momento cuando ella lo había reconocido. Nada que ver con la respuesta romántica que él había imaginado cuando se habían hecho el tatuaje juntos.

Jonah había pensado que los nervios habían tenido la culpa. Había creído que, tal vez, ella lo evitaba porque había descubierto lo de Noah. Pero había sido por un motivo todavía más grave. Emma había intentado que él no descubriera la verdad. Estaba claro que los dos tenían secretos que ocultar.

Por la razón que fuera, Emma no estaba interesada en él y no quería que supiera quién era. Había resistido todos sus acercamientos, incluso sabiendo que estaba embarazada de un hijo suyo. ¿Por qué estaba tan decidida a mantenerlo alejado? ¿No lo consideraba lo bastante bueno para ser padre de su bebé? ¿

Jonah no lo creía. La mujer que había conocido en aquella fiesta había sido pura pasión. Sí, era cierto que él podía ser demasiado apasionado en ocasiones, pero sabía que todo tenía su momento. Ser un padre responsable era un deber que consideraba sagrado, sin importar la opinión que tuvieran de él los demás.

Los días que habían pasado juntos hasta entonces demostraban, por otra parte, que Emma era una persona tozuda y con fuerza de voluntad. Y creía que podía engañarlo, ocultarle su secreto.

Apretando los labios, agarró la foto de la mariposa de su mesa. Había imaginado que el día que la encontrara, su vida comenzaría de cero con la increíble mujer a la que había echado de menos durante tres meses. En vez de eso, su amante misteriosa no lo consideraba más que un irritante guijarro en el zapato.

Pues le quedaba por ver lo peor.

No hacía tanto tiempo, la había convencido para dejarse llevar en una noche de pasión sin inhibiciones. Sabiendo lo rígida y conservadora que ella era, no había sido una hazaña pequeña. Si lo había logrado en una ocasión, podía volver a hacerlo, se dijo. Antes de que hubiera terminado con ella, se derretiría a sus pies, ansiosa por confesarle quién era y echarse a sus brazos.

Hasta entonces, la venganza le sabría más dulce que la miel.

***

Emma no podía librarse de la sensación de ser observada. Le pasaba desde la tarde anterior, en el gimnasio. Cada vez que levantaba la vista del ordenador, esperaba encontrarse a Jonah apoyado en su puerta con esa sonrisa suya de depredador irresistible. Pero él nunca estaba allí. De hecho, no había vuelto a verlo desde el encuentro en la cafetería el día anterior.

Ella sabía que no debía bajar la guardia, de todos modos. La noche anterior había cometido ese error, y no volvería a pasar.

Sobre todo, necesitaba centrarse en los libros de cuentas. Había algo que no encajaba y, a menos que dejara de pensar en Jonah, no podría averiguar si realmente había algún descuadre o si solo era fruto de su mente distraída.

Cuando llegó al mismo resultado por tercera vez seguida, se recostó en la silla con un gemido. Debía de haber cometido algún error páginas atrás. Faltaba una gran suma de dinero.

–Maldición –dijo ella en voz baja, quitándose un mechón de pelo de la cara por décima vez. Necesitaba un descanso.

–¿Qué sucede, señorita Dempsey?

Sobresaltada, Emma se incorporó y se llevó la mano al corazón. Jonah estaba en la puerta, justo cuando menos se lo había esperado.

–Nada –mintió ella. Si había encontrado algo preocupante en las cuentas, no podía decírselo a nadie hasta estar completamente segura. No se pulsaba la alarma de incendios hasta ver las llamas. En ese momento, solo había un poco de humo. Nadie era tan estúpido como para hacer desaparecer tres millones de dólares de los activos de una empresa. La gente inteligente robaba dinero en pequeñas dosis. Tenía que haber otra explicación.

Respiró hondo y miró a Jonah. Había algo distinto en él. Emma no sabía qué era, pero algo había cambiado. Quizá fuera su pícara sonrisa o un brillo nuevo en sus ojos. No tenía ni idea de qué le hacía estar tan contento, así que decidió ignorarlo, junto con el deseo que le despertaba.

–Bueno, acabo de hablar por teléfono con tu jefe.

Al oír mencionar a su supervisor, Emma sintió que todo su deseo se desvanecía como un hielo en una cazuela de agua hirviendo.

–¿Has hablado con Tim? ¿Es que hay algún problema?

Jonah meneó la cabeza.

–No, nada de eso. Solo me ha llamado para ver si te habías adaptado bien.

Emma contuvo el aliento. Tim nunca llamaba para ver si una empleada estaba bien. Eso no le importaba un pimiento. Seguramente, habría llamado para ver si ella había caído rendida a los encantos de Jonah.

–¿Y qué le has dicho?

Jonah apretó los labios un momento, disfrutando de hacerla esperar.

–Le he dicho que eres la persona más educada y profesional de todo el edificio, yo incluido. ¿Por qué? ¿Qué pensabas que le diría?

Emma se encogió de hombros.

–No lo sé. Espero que nada relacionado con el cuarto de la limpieza.

Riendo, él apoyó una mano en el quicio de la puerta, exhibiendo su tatuaje.

–No he levantado esta empresa por ser tonto, Emma. Y, a pesar de lo que piensas de mí, no tengo intención de poner en peligro tu trabajo.

Ella exhaló con alivio.

–Pero me he dado cuenta de que tu jefe es un poco imbécil, por cierto –continuó él–. Entiendo por qué te preocupan tanto las apariencias. Por eso, he decidido ofrecerte un trato.

Emma intentó no fruncir el ceño. No había ningún trato que quisiera hacer con él.

–No quieres que te vean conmigo porque es inapropiado. Lo entiendo. Pero voy a llevarte a cenar de una forma u otra. Puedo chantajearte para que salgas conmigo en la ciudad o puedes aceptar mi oferta de hacerlo fuera de la ciudad, donde nadie nos descubra.

¿Chantaje? Ella se levantó de un salto.

–No sé a qué diablos estás jugando Jonah, pero no puedes chantajearme con nada.

–Eso dices tú –repuso él, sin inmutarse–. Quizá sea verdad. Pero siempre puedo contarle a Tim algo inventado. Me creerá a mí antes que a ti, ¿no te parece?

Emma se quedó boquiabierta.

–¿Por qué vas a hacer una cosa así?

Jonah se cruzó de brazos, haciendo que su camisa de franela resaltara un musculoso torso.

–Porque siempre consigo lo que quiero. Y quiero que cenes conmigo. Si creyera que, de veras, no estás interesada, lo dejaría pasar. Pero no puedes engañarme con tu moño apretado y tu vestuario formal. La mujer que estuvo conmigo en el cuarto de la limpieza quiere salir a cenar. ¿Cómo voy a negárselo?

–No sabes nada de mí, ni dentro ni fuera de ese cuarto, Jonah.

–¿Ah, no?

La penetrante mirada de sus ojos azules la puso nerviosa. De forma automática, se llevó al mano al cuello de la blusa y se lo cerró todavía un poco más, como para asegurarse de que no pudiera ver el tatuaje.

–Por supuesto, no quiero llevar las cosas tan lejos. Por eso, te ofrezco una alterativa que puede satisfacernos a todos. Mañana a las seis en punto, te espero en el helipuerto de Wall Street. Te llevaré a un sitio donde nadie nos reconocerá. Podemos cenar en privado sin que tengas que preocuparte por tu trabajo. Puedes relajarte por una vez y disfrutar de nuestro tiempo juntos.

No era una situación perfecta, pero era mucho mejor que perder el puesto de trabajo a causa de una mentira, pensó Emma. Aunque no creía que un hombre tan conocido pudiera pasar desapercibido en ninguna parte.

–¿Y qué me dices de tus amigos los paparazzi?

Jonah se encogió de hombros.

–Solo me fotografían cuando les dejo saber dónde estoy. Cuando quiero privacidad, la tengo. Te aseguro que nadie sabrá adónde vamos, ni siquiera tú.

Una preocupación menos, pensó Emma. Aunque tenía todavía unas cuantas más que no podía confesarle. Por ejemplo, temía que, si estaba a solas con él, se derretiría como mantequilla y acabaría revelándole sus secretos. Era demasiado pronto para eso. Pero ¿tenía alternativa?

–Si voy a cenar contigo, solo a cenar… ¿me dejarás en paz?

–Si, al final de la velada, es lo que quieres, sí.

Emma se aseguraría que la noche terminara de ese modo. Aunque tuviera que echar mano de toda su fuerza de voluntad, no dejaría que las cosas fueran a más. Sobre todo, no quería que se rumoreara que estaba implicada con Jonah antes de que terminara la auditoría.

–De acuerdo, bien –dijo ella en voz baja–. ¿Qué ropa debería ponerme?

Jonah sonrió sin disimular su alegría.

–Excelente. Igual te sorprende esto, pero planeo llevarte a un sitio donde yo tengo que llevar traje y corbata.

Emma arqueó las cejas.

–¿De verdad?

–Tengo unos cuantos trajes, sí. Me los pongo en determinadas circunstancias. Pero no los necesito para sentirme importante, como le pasa a alguna gente. Me gusta estar cómodo y una camiseta con el estampado de algún videojuego es mucho más representativo de mi personalidad que una aburrida corbata.

Emma intentó no entusiasmarse con la idea de ver a Jonah de traje. Sin duda, él subestimaba lo que un traje elegante en el hombre adecuado podía hacer para seducir a una mujer.

–Entonces, nos veremos en el helipuerto, mañana a las seis.

Jonah asintió y se fue. Una vez que se hubo quedado sola, Emma respiró hondo, digiriendo lo que acababa de hacer. Asomó la cabeza por el pasillo y, tras comprobar que él no estaba a la vista, se fue corriendo al despacho de Harper.

–¡Ayuda!

Harper levantó la vista, sorprendida.

–¿Qué pasa?

–Tengo una cita mañana. Con él.

–¿Con él? –repitió Harper, poniéndose en pie–. Pensé que no querías salir con él por el momento.

–Lo sé, pero me ha dejado sin excusas. Acepté hacerlo con la condición de que me dejaría en paz después, si yo se lo pedía.

Harper meneó a cabeza.

–¿Cómo vas a pedirle a un hombre como él que te deje en paz?

–Bueno, por ahora tengo problemas peores que ese –admitió Emma con un suspiro.

–¿Como cuáles?

–No tengo ni idea de qué me voy a poner. La mayoría de mis ropas son de trabajo. No tengo vestuario para salir. Tú eres una experta en moda. Necesito que me ayudes a elegir qué ponerme.

–Dudo que haya nada que se pueda aprovechar en tu guardarropa –opinó Harper, sin rodeos–. Sobre todo, con el bebé transformando tu cintura. Creo que tenemos que ir de compras.

Emma frunció el ceño.

–No creo que tenga tiempo de…

–Ahora mismo –dijo Harper, y sacó su bolso del cajón del escritorio–. Ve a por tus cosas. Nos vamos de compras.

Emma dejó que su amiga la arrastrara por el pasillo, protestando solo un poco.

–Son las tres de la tarde.

–Necesitas ayuda.

Emma no podía discutirle eso. Antes de abrir la boca, estaban en un taxi en dirección a la Quinta Avenida. Nada más bajarse, Harper empezó a fijarse en todos los escaparates por los que pasaban, en busca de la prenda correcta. Entraron en siete u ocho tiendas, pero salieron sin nada. Harper buscaba algo especial.

Emma prefería que su amiga decidiera qué era mejor. Después de todo, la moda era el punto débil de Harper. Lo sabía todo sobre bolsos, zapatos y ropa de diseño.

–¡Eso! –exclamó Harper, y se paró de pronto delante de un escaparate, señalando a un maniquí–. Eso es lo que te vas a poner –añadió, tiró de Emma y la llevó dentro de la tienda.

Emma se dio cuenta de que su amiga se refería a una especie de mono. Ni siquiera era un vestido.

–¿Lo dices en serio?

–Claro que sí. Los monos están de moda. Y Flynn está acostumbrado a que las mujeres se pongan vestiditos cortos para salir con él. Lo dejarás boquiabierto con esto –dijo Harper, sosteniendo en la mano el mono de seda azul.

No tenía mangas, solo unas anchas tiras blancas sobre los hombros y un escote que se hundía hasta el esternón. Iba a necesitar un sujetador especial para ponérselo, pensó ella.

–¿Y qué pasa con mi tatuaje?

–Lo cubriremos. Las tiras blancas son perfectas.

–Pero no tiene espalda –observó Emma.

–Va casi toda al descubierto –señaló Harper–. Es muy sexy. Lo acompañaremos de unos tacones plateados y un cinturón a juego. Ah, y tal vez un brazalete.

Emma frunció el ceño. No estaba preparada para hablar de accesorios todavía. Nunca se había puesto un mono antes. No estaba segura saber llevarlo. Por otra parte, no tendría que preocuparse por que se le subiera la falda del vestido al subir o bajar del helicóptero. Al menos, era práctico.

–¿Qué te parece? –preguntó Harper.

Era del mismo color azul que los ojos de él. Casi podía sentir el calor de su mano en la espalda mientras la guiaba al restaurante. Sintiendo un escalofrío por todo el cuerpo solo de imaginarlo, apreció por fin la elección de Harper.

–Creo que tengo que probármelo.

Capítulo Siete

Emma salió del taxi delante del helipuerto de Wall Street. Antes de entrar, se colocó el mono y se aseguró de que todo estuviera en su sitio. El atuendo le sentaba muy bien.

Respiró hondo, se colocó el pelo suelto y entró. Miró a su alrededor en la pequeña sala de espera, pero no vio a Jonah en ninguna parte. Solo había un puñado de asientos ocupados, la mayoría por familias esperando hacer un tour por el cielo de Manhattan.

Entonces, reparó en un hombre alto y esbelto con un traje gris oscuro en la ventanilla que había a su espalda. ¿Podía ser él?

Como si hubiera intuido su presencia, el hombre se giró. Era Jonah.

Llevaba una camisa azul intenso, del mismo color que el mono de ella. Pero tenía el cuello desabotonado, sin corbata. Estaba imponente. El traje resaltaba sus anchos hombros y las estrechas caderas que había entrelazado con sus muslos. El tono de su camisa hacía que sus ojos parecieran todavía más azules, como un profundo océano.

Allí parado, con las manos en los bolsillos y aire desenfadado, era la típica estampa de empresario millonario. Aun así, Jonah había tenido razón respecto a lo superfluo de la indumentaria. No necesitaba llevar un caro traje para reinar con su carisma sobre todos los presentes. El exquisito atuendo solo era la guinda del pastel para un hombre que hacía que se derritiera.

Emma tenía que recordarse a sí misma que aquello no era una cita normal. Él no sabía quién era ella y no estaba segura de cuáles eran sus motivos para invitarla a cenar. Además, había conseguido salirse con la suya porque la había chantajeado. Aun así, le temblaron las rodillas cuando la recorrió con la mirada de pies a cabeza. Sin bajar la vista, ella se giró un poco, para dejarle ver su espalda desnuda. Si conseguía excitarle y hacer que se sintiera incómodo por ello durante toda la velada, mucho mejor, se dijo.

La sonrisa complacida de Jonah le dejó claro que era un atuendo adecuado para su cita. Tras unos segundos de contemplarla con admiración, caminó hasta ella.

–Buenas noches, señor Flynn.

–Llámame Jonah, aunque sea solo hoy. Puedes volver a llamarme de usted en el trabajo mañana, si insistes.

–Supongo que dependerá de cómo salga la noche –repuso ella con una sonrisa, y se volvió hacia los helicópteros que esperaban fuera–. ¿Cuándo salimos?

–Ahora mismo –dijo él, haciéndole una seña al hombre con quien había estado hablando detrás de la ventanilla–. Te estaba esperando.

Al salir al exterior, Emma sintió la suave brisa de la tarde en el rostro. Se había subido a un helicóptero en dos ocasiones, con sus padres. A veces, su padre había tenido que volver de su casa de campo al trabajo para una emergencia y había necesitado un transporte más rápido que el coche. A ella nunca le había gustado demasiado volar, pero tampoco le molestaba. Aun así, tenía en la boca un caramelo de jengibre, para no marearse. No quería que Jonah la recordara como la mujer que había vomitado en el helicóptero.

El piloto salió a recibirlos frente a un vehículo negro. Jonah la ayudó a subir.

–¿Dónde vamos a cenar? –preguntó ella cuando las hélices empezaron a girar.

–Es una sorpresa.

Jonah le ofreció unos cascos para protegerse del ruido del motor y para poder hablar con los demás sin tener que gritar. Ella no tenía mucho que decir al principio. Estaba demasiado ocupada admirando las vistas de la ciudad. Nueva York desde el cielo era un espectáculo impresionante. Podían contemplarse las maravillas arquitectónicas de cerca, a diferencia de lo que pasaba en avión, pero sin sufrir los incordios del tráfico de la gran ciudad.

Emma pensó que, tal vez, iban a Long Island, pero el helicóptero pasó de largo, hacia el norte. Igual iban a Boston. O a la playa.

–Deja de intentar adivinar –le dijo Jonah–. Por tu mirada, sé que lo estás haciendo. Mejor, relájate y disfruta del viaje.

Emma sonrió y se recostó en el asiento. Seguramente, él tenía razón. En vez de buscar pistas, se concentró en el paisaje. Cuando se volvió hacia Jonah minutos después, lo sorprendió observándola con intensidad.

–Supongo que las vistas te aburren. Las habrás visto cientos de veces.

–Nada de eso. Lo que pasa es que hay algo más intrigante que capta mi atención.

Emma se quedó callada, sin saber qué decir. Contuvo el aliento cuando él se acercó y la rodeó por los hombros. Le preocupó que pudiera ver el tatuaje desde ese ángulo, pero era difícil concentrarse en eso cuando su aroma la invadía y sentía el cálido contacto de su pierna en el muslo.

–Gracias por aceptar cenar conmigo.

–No me has dado elección.

Jonah se encogió de hombros.

–Lo sé. Y me disculpo por eso. Supongo que no estaba seguro de qué podía hacer, pues no dejabas de rechazarme.

–Podías haberte dado por aludido, por ejemplo.

–Sí –afirmó él, riendo–. Y lo habría hecho, si tus ojos no me hubieran enviado señales contradictorias. Adiviné que estabas confusa, así que pensé que era buena idea darte un empujoncito en la dirección correcta.

–Amenazarme con el despido no es un empujoncito. Es chantaje.

Jonah hizo una mueca.

–De acuerdo. Fue una medida drástica. Pero nunca habría llamado a tu jefe. Era un farol.

Emma se cruzó de brazos y, al instante, se dio cuenta de que eso le daba una visión privilegiada de su escote. Él bajó la mirada antes de volver a posar los ojos en su rostro.

–Aunque estés enfadada conmigo, al final de la noche nos habremos besado y seremos amigos –dijo él con confianza.

Ella arqueó una ceja.

–Estás acostumbrado a salirte con la tuya, ¿verdad?

–Sí.

Emma contempló los carnosos labios de él mientras hablaba y recordó cómo se los había besado. El recuerdo hizo que se ruborizara. Apartó al vista hacia la ventanilla, donde el sol empezaba a ponerse y las luces tintineaban en la distancia.

–Quizá esta vez no –advirtió ella. Cada minuto que pasaba con Jonah estaba más segura de que no sería capaz de resistirse a él.

–Señor Flynn, aterrizaremos en cinco minutos.

Jonah sonrió y se apartó de ella.

–Excelente. ¿Lo ves? No hemos tardado mucho en llegar.

Emma miró su móvil. Habían pasado apenas cuarenta minutos. No lo bastante como para llegar a Boston. Demasiado lejos de Hamptons. No reconocía el paisaje. Había una pequeña población allí abajo. Podía ver la costa. En pocos minutos, se posaron en lo alto de un edificio que parecía un banco.

–¿Vamos a un banco?

–Soy amigo del presidente de este banco. Es el único que tiene helipuerto y me ha invitado a usarlo siempre que quiera. Si no, tendríamos que volar al aeropuerto en las afueras y tomar un coche. Así, estamos solo a unas manzanas del restaurante.

Se quitaron los cascos y se desabrocharon los cinturones. El piloto abrió la puerta y bajaron.

–Estaré esperando, señor.

–Gracias –replicó Jonah. Tomó a Emma de la mano y se dirigió a la puerta para bajar de la azotea.

Tomaron el ascensor hasta el vestíbulo y salieron a una tranquila avenida frente a una playa, en un pueblo que ella no reconocía.

Tras unos minutos, vio un taxi con un anuncio de la mejor marisquería de Newport. ¿Rhode Island?, se preguntó. Era conocido por sus enormes mansiones a pie de playa. Emma no hizo ningún comentario, hasta que llegaron a un edificio junto al puerto que parecía una vieja posada con todo el encanto georgiano. Un cartel de madera colgaba sobre la entrada, donde se leía «Restaurante Bouchard&Posada».

–Ya hemos llegado –anunció él, mientras subían los tres peldaños que conducían adentro–. El mejor restaurante francés que conozco a este lado del océano.

El maître los recibió, anotó su llegada en un libro y los escoltó a una mesa frente a una de las ventanas con vistas a la bahía. Una vez a solas con sus cartas, Jonah se inclinó hacia ella.

–Cualquier cosa que pidas aquí estará deliciosa. El chef hace de la cocina un arte.

Emma ojeó la carta, esperando que los tres años que había estudiado francés en el instituto le sirvieran para no sonar como una tonta cuando hiciera su pedido. Madame Colette estaría muy decepcionada con ella si no recordaba la pronunciación. Al final, se decidió por unos ravioli ratatouille y chuletas de cordero al romero.

–¿Vino? –les preguntó el sumiller.

Emma estaba a punto de pedir vino tinto para acompañar el cordero cuando se dio cuenta de que no podía beber.

–Yo, no, gracias. Solo quiero agua con gas, con una rodaja de limón.

Jonah pidió una copa de vino. Cuando el camarero llegó a tomar sus pedidos, él pidió langosta y pato al coñac de segundo.

A Emma le sorprendió su excelente acento francés. Cuando el camarero se hubo ido, Jonah la miró con expresión divertida.

–¿Qué? ¿Crees que porque lleve vaqueros al trabajo y me gusten los videojuegos no he recibido una educación impecable?

Ella frunció el ceño y bajó la vista a su vaso. Era un hombre difícil de encasillar. Avergonzada, deseó haber pedido vino para poder relajarse.

–No, solo me sorprende un poco. Y envidio tu perfecta pronunciación.

–Deberías escucharme hablar japonés.

–¿Hablas japonés? –preguntó ella, levantando la vista con perplejidad.

–Si quieres tener éxito en el mercado de videojuegos japonés, tienes que hablarlo. También sé español y estoy aprendiendo mandarín, mientras nos expandimos en el mercado asiático. Sé tocar el piano y era capitán del equipo de remo en Harvard, aunque eso solo lo hacía para complacer a mis padres. Me hubiera gustado mucho más haber estado jugando con la consola o saliendo con chicas. Como puedes ver, guardo muchas sorpresas que no se ven a simple vista. Lo mismo podría decirse de ti.

–¿Qué quieres decir? –preguntó ella, ansiosa por el inesperado giro de la conversación–. Soy solo una contable aburrida y estricta.

–Te subestimas. Para empezar, se te da muy bien guardar secretos.

Emma se puso rígida.

–¿Secretos? Yo no…

Jonah levantó una mano para acallar sus protestas.

–Ahora que estamos lejos de Nueva York y nadie puede reconocernos, no tenemos nada que ocultar. Puedes ser sincera conmigo. Porque todo este tiempo tú has sabido quién era yo y no me has dicho ni una palabra.

El tono helador de su voz hizo que a Emma le saltaran todas las defensas. Cuando lo miraba a los ojos, sin embargo, no percibía enfado en ellos. Más bien, parecía ofendido. A parecer, el jovial empresario tenía un punto débil y ella lo había encontrado sin proponérselo.

–Compartimos algo especial, pero actúas como si no te importara. ¿Por qué no me lo dijiste cuando descubriste quién era? –inquirió él, posando su mano tatuada sobre la mesa. Entrelazó sus dedos con los de ella.

Emma estaba frente al momento que había temido desde que había entrado en su despacho y el mundo se había puesto patas arriba.

–No pude –susurró ella.

–¡Claro que podías! Tuviste docenas de oportunidades de hablar conmigo.

–No –negó ella, apartando la mano. Se echó hacia atrás para recuperar espacio–. Hasta este momento, éramos Emma y Jonah, la auditora y el director de FlynnSoft. Sí, lo descubrí en cuanto nos estrechamos las manos. Sin embargo, no sabía qué hacer. Sé que te resulta difícil de entender, pero quería hacer mi trabajo primero. He hecho todo lo posible para terminar la auditoría, a pesar de tus distracciones constantes, para dejarla atrás y poder acercarme a ti y contarte la verdad.

Jonah asintió, comprendiendo lo que le decía.

–¿Te refieres al bebé?

Emma abrió los ojos como platos presa del pánico. A Jonah se le aceleró el pulso en el cuello. Estaba claro que ella no se lo había esperado. Había desvelado todos sus secretos de golpe.

–¿Cómo puedes...? –preguntó ella, meneando la cabeza.

–Te vi en el gimnasio la otra tarde, después del trabajo.

Ella siguió negando con la cabeza.

–Escuché a alguien cuando me iba. Fui una idiota por ponerme esa ropa. Pero pensé que estaba sola y, además, como estoy de pocos meses, creí que nadie se fijaría. Y, menos, tú. Se suponía que te habías ido a una reunión –le espetó ella con mirada acusadora.

Jonah tenía el pecho encogido, cada vez más, mientras la escuchaba hablar. Hasta ese momento, el bebé había sido solo una sospecha. Sí, Emma había rechazado el vino, pero podía ser porque no le gustaba. Sí, tenía un poco de barriga, pero igual era porque había comido mucho. Él no era un experto en embarazos.

Pero su sospecha se había confirmado.

Iba a ser padre. Incapaz de contener tantas emociones, cerró los ojos.

–Mi reunión se canceló, así que volví para hacer pesas. Suelo estar solo siempre en el gimnasio. Y, sí, claro que me di cuenta. Vi el tatuaje y vi tu vientre hinchado. No estaba seguro hasta ahora, pero me di cuenta.

Emma enterró el rostro entre las manos.

–No es así como quería que lo averiguaras, Jonah. Lo siento. No pensaba mantenerlo en secreto para siempre. Iba a contártelo.

Él levantó la vista de golpe, atravesándola con la mirada.

–¿De verdad?

–Te lo juro. Como te he dicho, quería terminar la auditoría, hacer mi trabajo sin ser protagonista de rumores indeseados. Pero iba a decírtelo. Si hubiera sabido cómo contactar contigo hace dos meses, lo habría hecho entonces. Cuando lo supe, sin embargo, estaba a cargo de revisar tus cuentas. Aparte de todo, me aterrorizaba contártelo.

Jonah tragó saliva, frunciendo el ceño. No era la clase de persona que daba miedo a la gente. Tomó la copa de vino y le dio un largo trago para calmar la mente.

–¿Por qué?

Emma desvió la mirada y se cruzó de brazos con gesto protector.

–Como te dije esa noche, no soy la mujer que crees que soy. Sabía que tú deseabas a la desconocida apasionada y salvaje, no a mí. No podía soportar imaginar el momento en que descubrieras quién soy y tu fantasía se hiciera pedazos. Soy una persona aburrida y convencional. Y, para colmo, tenía que contarte que atados el uno al otro toda la vida porque vamos a tener un hijo.

–¿Atados? –repitió él, encogiéndose ante sus palabras. ¿Era así como ella veía la situación? ¿Sentía que era una desgracia haberse acostado con él y haberse quedado embarazada?

–¡Sabes lo que quiero decir! –le susurró Emma con agitación–. Aunque te hubiera decepcionado descubrir quién era yo, aunque nunca quisieras volver a tocarme, sería la madre de tu hijo, Jonah. Esperaba que quisieras ser parte de su vida.

Jonah se quedó sin palabras. No sabía cómo actuar en lo relativo a Emma y al bebé. La cabeza le daba vueltas con demasiada rapidez. Su estricta educación conservadora le urgía a casarse con ella cuanto antes. Su madre insistiría en ello cuando lo supiera. Noah podía llevarse tres millones de dólares, pero el verdadero escándalo familiar sería que él tuviera un hijo fuera del matrimonio. Emma no era la única que se preocupaba por lo que dijeran los demás.

Al mismo tiempo, su naturaleza rebelde le decía que la gente ya no se casaba solo porque fuera a tener un bebé. Emma y él apenas se conocían. Y no se amaban. La custodia compartida era una opción mucho más racional para personas que no querían cometer los errores de generaciones pasadas y vivir una vida desgraciada sin amor por el bien de los hijos.

¿Qué quería hacer? Jonah no tenía ni idea. Ni siquiera se había hecho a la idea de ser padre.

–Emma… para empezar, no estoy decepcionado. Mírame –dijo él, y tomó su mano por encima de la mesa, apretándola con fuerza para que no se escapara. Una vez que, con reticencia, ella levantó la vista, continuó–: Lo digo de verdad. Esto es una sorpresa, pero no una decepción.

Ella lo contempló con desconfianza. ¿Cómo no se había dado cuenta de lo cansada que parecía?, pensó Jonah. Se había dejado distraer por su cara maquillada y el espléndido mono. Pero, cuando por fin la miraba de verdad, podía percibir el agotamiento y el estrés en sus ojos. Estaba trabajando mucho y, en su estado, el estrés era contraproducente, caviló. Tenían que hablar de eso cuanto antes.

–Pero no soy la mujer que tú querías, Jonah. No soy salvaje ni atrevida. Era la primera vez que tomaba chupitos de tequila y tenía una aventura de una noche.

Y jamás me había hecho un tatuaje. Todo lo que te gustaba de mí son cosas que… yo no soy así. Ni siquiera sé qué estoy haciendo aquí. Haber venido a cenar contigo ha sido un error.

Emma se levantó y corrió hasta la puerta trasera, donde había un patio con vistas al mar.

–¿Emma? –llamó Jonah, siguiéndola. La agarró de la muñeca, mientras ella se pegaba a la barandilla, buscando cómo escapar. ¿Qué iba a hacer? ¿Lanzarse al agua para huir de él? ¿Nadar hasta Nueva York?–. ¡Emma! ¿Quieres escucharme?

Al final, ella se volvió. Dejándose llevar por el instinto, él la rodeó con sus brazos. Al instante, se dio cuenta de que pegar sus cuerpos no era buena idea si quería mantener la mente clara. Pero, al menos, podía demostrarle a Emma que se sentía atraído por ella.

–Jonah, quiero irme a casa.

–Si es lo que quieres, te llevaré. Pero antes debes escucharme. Yo he escuchado todas tus excusas por haberme mentido. Me debes la oportunidad de contarte lo que siento, tanto si me crees como si no.

Emma se quedó quieta, con la vista fija en los botones de su camisa.

–Quiero que sepas que te equivocas de cabo a rabo –continuó él, y le bajó uno de los tirantes del hombro para dejar expuesto su tatuaje. Posó la mano a su lado, como había hecho la primera noche. Sus medios corazones creaban uno solo.

Ella lo miró con lágrimas en los ojos, sin decir nada.

–Estos tatuajes no son solo fruto de una locura, Emma. Se suponía que debían ser instrumentos del destino. Este corazón solo volvería a ser uno si estaba escrito que así fuera. Sí, no sabemos mucho el uno del otro, pero esta es nuestra segunda oportunidad de conocernos. No solo por el bebé, sino porque la vida nos lo está poniendo en bandeja.

–Jonah…

–No –le interrumpió él, silenciando su protesta–. Desde el momento en que te vi en mi despacho, he sentido una atracción por ti que no puedo explicar. Fue el mismo impulso que me llevó a rescatar a una bella desconocida de las garras de un idiota en esa fiesta. Y no voy a dejar que esta segunda oportunidad se me escape de entre las manos. No sé cómo va a acabar esto. No hay forma de saberlo. Puede que lo nuestro no sea para siempre, que sea solo una bonita historia de amor. Pero nos lo debemos a nosotros y a nuestro bebé, al menos, intentarlo.

Ella suspiró y se relajó un poco.

–¿Y qué pasa si lo descubre mi empresa? Perderé mi trabajo. Nunca creerán que soy imparcial como auditora. Pensarán que tengo intereses ocultos en defender el negocio del padre de mi hijo.

Su mención de la auditoría le recordó a Jonah por qué había empezado a intentar salir con ella. Sí, había sentido atracción, pero había querido usarla para distraerla de descubrir el desfalco de Noah. No había tenido noticias de Paul en los últimos días, y eso no era buena señal. Antes o después, ella iba a encontrar el agujero en los libros de cuentas. Esperaba, por lo menos, poder convencerla de que no lo mencionara en su informe.

–¿Puedes ser imparcial, Emma?

Sus miradas se entrelazaron. Ella enderezó la espalda y levantó la barbilla en gesto desafiante.

–Sí. A pesar de lo que Tim piense, soy una profesional y haré mi trabajo.

Jonah no lo dudaba. Eso era exactamente lo que temía. Pero, por el momento, necesitaba salvar la noche. Se preocuparía por la metedura de pata de Noah al día siguiente.

–Entonces, no hay nada que tu jefe pueda hacer para probar lo contrario. Vamos dentro, por favor. Ven a disfrutar conmigo de la espléndida cena.

Emma suspiró y asintió. Se colocó de nuevo el tirante del mono, ocultando el tatuaje.

Volvieron dentro y, aunque habían superado esa pequeña crisis, Jonah no podía ignorar una nueva preocupación. El contrato con Game Town estaba en juego y no tenía nada que ver con Emma, sino con él mismo.

Capítulo Ocho

Por suerte, el resto de la velada transcurrió sin problemas. Johan había temido que su altercado echara a perder la noche, pero había sido al revés. La rígida Emma se relajó por fin. Todos sus secretos estaban sobre la mesa, y haberse librado de esa carga le sentó bien. Sonreía más, compartía pedazos de su comida con él y lo miraba sin recelo. Y ni una vez volvió a llamarlo de usted. Pudieron concentrarse en la cena y dejar las preocupaciones para el día siguiente. Con esa idea en la cabeza, Jonah ordenó a su piloto que aterrizara en el tejado de su edificio en vez de en el helipuerto.

Cuando aterrizaron, Emma frunció el ceño, mirando por la ventana.

–¿Dónde estamos?

–En mi casa –dijo él, abrió la puerta y le ofreció la mano para salir.

Ella arrugó la nariz con desconfianza, pero le dio la mano y bajó con él. Llegaron a la entrada de su ático.

–Espera un momento –dijo ella con la vista clavada en la puerta.

–¿Qué?

–¿Esta es tu casa? ¿Donde se celebró la fiesta?

–Sí –replicó él, y abrió con la llave–. ¿No creerás que soy tan zafio como para seducir a una mujer en el cuarto de la lavadora de otra persona?

Emma se sonrojó al escucharle mencionar su apasionado encuentro.

–No lo había pensado. Ahora que lo dices, Harper comentó que la fiesta era en casa de su jefe. Supuse que se refería al jefe del departamento financiero, no al director de toda la empresa.

–He estado todo el tiempo delante de tus narices –dijo él. Abrió la puerta e hizo una seña para que entrara.

Emma miró a su alrededor.

–Parece distinto sin cien personas aquí metidas. Es muy grande.

–Ocupa toda la planta superior –señaló él–. Creo que, originalmente, este edificio era una fábrica textil. Cuando lo compré hace diez años, parte había sido convertida en oficinas y tiendas y las dos plantas de arriba eran un almacén. Terminé transformándolo en plantas de *lofts* con áreas comunes en la planta baja.

–¿Todo el edificio es tuyo? –preguntó ella, volviéndose hacia él.

Jonah asintió y se quitó la chaqueta.

–Mi madre me enseñó a diversificar las inversiones –dijo, y extendió los brazos, mirando a su alrededor–. Este fue mi primer paso en el mercado inmobiliario. Aunque ella pensó que estaba loco. Prefiere las mansiones señoriales a las fábricas reconstruidas. Por suerte, tuve éxito y el resto de los *lofts* se alquilaron a las pocas semanas de la reforma. Incluso hay lista de espera.

Emma dejó el bolso sobre la mesa de granito de la cocina y pasó los dedos por la rugosa superficie.

–No es mi estilo, pero conozco a muchas personas a las que les encantaría.

Jonah la siguió mientras recorrían el salón y el comedor, junto a la puerta que daba al cuarto de la lavadora. Como era un *loft*, solo había tres puertas en todo el espacio. Las otras dos eran para el baño de invitados y el dormitorio principal.

Emma titubeó un momento. Alargó la mano y la posó en el picaporte de la puerta. ¿De verdad iba a entrar en la escena del crimen? Él la había llevado con la intención de tener sexo, pero había pensando en la cama para esa ocasión.

Ella entró en el pequeño cuarto y tocó la mesa sobre la que la había subido. Se volvió y apoyó la espalda en la lavadora, luego lo miró con una pícara sonrisa.

–Esa noche fue…

¿Impresionante? ¿Salvaje? ¿Apasionada? ¿Irrepetible?

–Inolvidable.

Jonah dio un paso hacia ella.

–Así es. Cada minuto que pasamos juntos lo recuerdo como algo sagrado. Cada gemido y cada grito de placer se han quedado grabados en mi cerebro.

Emma contuvo la respiración, emitiendo un pequeño sonido que a él también le resultaba familiar. Había hecho lo mismo cuando le había levantado la falda y había deslizado los dedos en su carne.

Él se acercó todavía un poco más, con intención de repetirlo. La sangre se le agolpaba en las venas y el corazón le latía en las orejas.

–En los últimos meses, no he podido pensar en nada más que en volver a tener a mi dama mariposa entre los brazos.

Emma levantó la vista hacia él mientras la rodeaba de la cintura. Por una vez, no se resistió ni se apartó. Solo se agarró a su camisa, apretándose contra su cuerpo.

–Yo también he pensado mucho en esa noche. Me preguntaba qué haría si tuviera una segunda oportunidad de estar con mi héroe.

–¿Y se te ocurre algo? –quiso saber él con una sensual sonrisa, apoyando su erección en el vientre de ella.

–Algo así –dijo ella, entrelazando los dedos detrás de su nuca, atrayéndolo para que la besara.

Cuando sus labios se tocaron, Jonah se dio cuenta de que esa era la primera vez que besaba a Emma sabiendo quién era. El beso que habían compartido antes, además de haber sido un poco forzado, había provenido de la auditora de Town Game. No había tenido verdaderas expectativas. Pero no pasaba lo mismo con un beso de su mariposa.

Le preocupaba que ese momento se empañara con sus recuerdos idealizados de esa noche. Sin embargo, en cuanto se tocaron, supo que no iba a ser así. Su aroma, su sabor, el calor de su cuerpo... todo formaba una marea que lo invadió desde el primer momento.

De pronto, todo encajaba en su sitio.

La apretó entre sus brazos, saboreando su sedosa lengua. Sus caricias no eran tan salvajes y desinhibidas como aquella noche, pero el tequila hacía eso a las personas. Al tenerla en sus brazos en ese instante, supo que era lo que había echado de menos. Emma se equivocaba al pensar que no la deseaba como era. La mujer que había dentro de ella era quien lo volvía loco de pasión.

Jonah le recorrió las caderas con las manos y le bajó un tirante del mono para acariciarle un pecho y, luego, el otro, hasta que sus pezones estuvieron duros.

No había tenido tiempo de deleitarse con sus pechos. La noche que habían pasado juntos, había ido todo demasiado rápido. Ni siquiera la había desnudado por completo para hacerle el amor.

Eso no iba a repetirse.

Él dio un paso atrás y respiró hondo. Apoyó las manos en la lavadora, atrapándola entre sus brazos. Necesitaba un momento para enfriar sus pensamientos.

–¿Qué pasa? –preguntó ella con suavidad.

–No pasa nada.

–Entonces, ¿por qué…?

Jonah meneó la cabeza, interrumpiendo su pregunta. Cuando la miró a los ojos, percibió en ellos confusión y decepción. ¿Acaso creía que se apartaba porque no la deseaba? Nada más lejos de la verdad.

–Emma, no voy a hacerte el amor sobre esta lavadora por segunda vez. Esta noche, quiero tomarme mi tiempo y hacerlo como es debido. Voy a desnudarte de pies a cabeza y besar cada centímetro de tu piel. Planeo hacer que tu cuerpo se retuerza de placer. Así que no pasa nada. Solo me estoy tomando un momento para recuperar el control y no estropear mis planes.

–Es un buen plan –susurró ella, y le recorrió los labios con la punta de la lengua. Incorporándose, se puso de puntilla y volvió a besarlo–. Deberías enseñarme dónde está tu cama, para ponerlo en práctica cuanto antes.

Si Emma estaba nerviosa, Jonah disipaba toda su tensión con la forma en que la miraba. La contemplaba con tanta intensidad, que ella no dudaba que cumpliría cada detalle de lo prometido. Eran los ojos de un hombre que mantenía su palabra.

La llevó de la mano hasta el espacio central del *loft*. Allí, a la derecha, estaba la cama, entre el baño y el vestidor, lo que le daba un poco de privacidad, a pesar de que el dormitorio no estaba cerrado por ninguna puerta.

Emma no podía apartar los ojos de su destino. Era el momento con el que tanto había fantaseado y, a la vez, que tanto había temido. ¿Estarían a la altura de sus recuerdos? David le había dicho que era una sosa en la cama. Para Jonah, quería ser salvaje, apasionada, ardiente. ¿Pero durante cuánto tiempo podía seguir fingiendo? ¿No sería mejor dejar que él supiera cómo era en realidad?

Jonah la rodeó de la cintura.

–Para.

–¿Que pare qué? –preguntó ella.

–Deja de darle vueltas. Quizá, eso fue lo que consiguió hacerte el tequila. Logró que desconectaras la mente lo suficiente como para dejarte llevar y disfrutar del momento.

Tal vez era cierto. Emma estaba demasiado nerviosa para moverse. No estaba a punto de acostarse con un atractivo desconocido. Estaba con el millonario y mujeriego Jonah Flynn, un hombre que había salido con las mujeres más hermosas del mundo. No podía comprender qué veía en ella. ¿Cómo no iba a quedar decepcionado con una mujer tan aburrida? Solo de pensarlo, se quedaba paralizada.

Él percibió su titubeo, pero no se detuvo. Le bajó la cremallera del mono hasta la cadera.

–Supongo que tendré que saturarte de placer, para que dejes de pensar.

Al sentir sus dedos en la piel desnuda del torso,

Emma gimió. El sedoso tejido cayó de sus hombros, dejando al descubierto su sujetador y la pequeña curva de su vientre embarazado.

Emma se sintió avergonzada. Él pareció darse cuenta. Fijó la vista en su vientre e hincó una rodilla en el suelo para ayudarle a quitarse los zapatos de tacón y el resto del mono. Cuando se quedó solo con el sujetador y un tanga de satén a juego, la agarró de las caderas y la atrajo a su lado. Lo mismo había hecho la primera noche, en la cocina, mirándola a través de la máscara.

Posó un beso en su barriga. Fue un gesto dulce y sencillo, pero logró que a Emma se le saltaran las lágrimas. A pesar de sus miedos, parecía que Jonah no era la clase de hombre que rechazaría a su propio hijo. Podía ser un buen padre. Eso era lo único que ella se atrevía a esperar por el momento.

Con los ojos cerrados, sintió que le deslizaba las braguitas por las piernas. Allí estaba, desnuda en medio de una habitación bien iluminada, bajo su atenta mirada. Le recorrió las piernas con las manos y, al llegar a sus caderas, la sujetó y, con un suave movimiento, la hizo caer sobre la cama.

Emma soltó un gritó de sorpresa y abrió los ojos. Antes de que pudiera incorporarse, se dio cuenta de que él estaba arrodillado entre sus muslos. Se mordió el labio, nerviosa, al sentir su cálido aliento en el pubis.

–Nunca he probado tu sabor. ¿Sabes cuánto me he arrepentido de ello?

Ella se cubrió el rostro con las manos, para ocultar su rubor. Un momento después, Jonah la sujetó de las muñecas y se colocó encima.

–¿Te avergüenzo cuando digo estas cosas?

Emma solo pudo asentir. ¿Cómo podía explicarle que, a pesar de tener veintisiete años, le daba tanto pudor hablar de sexo como si tuviera quince?

–Bueno, entonces, dejaré de hablar –advirtió él, soltándole las manos.

Antes de que ella pudiera respirar aliviada, se dio cuenta de lo que él había querido decir. Volvió a bajar la cabeza entre sus piernas y la agarró de las rodillas, para hacer que las abriera todavía más.

Su primer contacto fue suave, como una pluma sobre la piel. A ella se le contrajeron todos los músculos anticipando la siguiente caricia. Él la penetró con la lengua, haciendo que se retorciera de placer. Después de eso, perdió la cuenta. Aferrada al edredón, dejó que él la devorara con lengua y dientes, como si nunca pudiera saciarse.

Emma había hecho eso antes, aunque le resultaba una experiencia nueva por completo. Nunca había sentido tanto placer con un hombre. No podía pensar. Oleadas de placer la invadían por todos los frentes. De pronto, se le ocurrió que su falta de entusiasmo en la cama con otras parejas podía deberse a ellos y no ser culpa suya.

Sintiendo que se quitaba un peso de encima, se dijo que David era un inútil en el dormitorio. Solo había salido con él porque había encajado en la clase de respetabilidad que habrían aprobado sus padres. Era respetable, exitoso, aburrido… Pero no había habido ni un ápice de pasión entre ellos.

Emma miró a Jonah y se dio cuenta de que él podía mostrarle lo que se había estado perdiendo. Podía no ser una relación para toda la vida, ni terminar en matrimonio, pero al menos sería algo más excitante de lo que había vivido hasta entonces. Con un bebé en camino, el futuro que le esperaba estaría lleno de noches sin dormir y de cambiar pañales de madrugada. Tenía ganas de empezar esa fase de su vida, pero también quería sacarle todo el partido posible a su tiempo con Jonah.

Ese pensamiento le ayudó a derribar sus últimas defensas. Al fin, se relajó por completo, sumergiéndose en el placer que él le ofrecía. Cuando introdujo un dedo dentro de ella y le recorrió la carne hinchada con la lengua, dejó de controlarse y se dejó llevar por un explosivo clímax.

Todo su cuerpo se convulsionó en el éxtasis, mientras él seguía devorándola.

Nunca antes había tenido un orgasmo así. Ni siquiera la noche de la fiesta de carnaval. Cuando los espasmos cesaron, respiró hondo y se pasó la lengua por los labios, hundiéndose en la cama como mantequilla caliente sobre una tostada.

–Esa es mi mariposa –susurró él, incorporándose con una sonrisa.

Emma solo podía contemplarlo en silencio mientras él se desvestía. Era un hombre musculoso y fuerte, con la complexión de un corredor de maratón. ¿Tendría más tatuajes ocultos bajo las ropas? Había visto de pasada uno en su brazo, pero no había podido observarlo con detalle. En ese momento, tampoco tenía la capacidad mental para concentrarse en nada. Su cuerpo y su mente parecían de gelatina.

–Te ha gustado –comentó él y, una vez desnudo, le dio la mano para ayudarla a sentarse en la cama–. Me muero de ganas de escucharte hacer esos ruiditos otra vez.

–¿Otra vez? –dijo ella. Y se tumbó.

Jonah se colocó encima y la besó.

–Lo has hecho como tres veces.

Emma no se acordaba de haber emitido ningún sonido, pero no estaba en posición de discutir, con él entre las piernas. Con sus labios pegados, se deslizó en su interior, penetrándola sin encontrar resistencia.

Emma no había olvidado esa sensación. Encajaba a la perfección en su cuerpo, tenía el tamaño justo para llenarla sin abrumarla. Levantó las piernas y las entrelazó alrededor de las caderas de él. Minutos después, Jonah se incorporó sobre los brazos, cerró los ojos y apretó la mandíbula para mantener el control.

–No sé cómo me haces esto –susurró él, mientras salía y la penetraba de nuevo–. Es como si tu cuerpo hubiera sido creado para mí. Todo en ti, tu aroma, tu sabor, la sensación de tenerte entre mis brazos... He estado obsesionado con volver a disfrutar de esta sensación. No puedo creer que te haya encontrado, por fin.

Emma tampoco podía creer que estuvieran juntos de nuevo. Quería saborear cada momento, para que su recuerdo la acompañara en las noches solitarias. Alargó el brazo y tomó su rostro entre las manos. Lo miró a los ojos y lo besó.

–Deja de hablar y hazme el amor.

Jonah sonrió y la besó con fuerza, antes de volver a volcarse en lo que estaba haciendo. Ajustó su posición y se embarcó en un ritmo lento y estable que pronto los haría llegar al clímax a ambos. Agachó la cabeza para morderle el cuello y saborear sus pechos, haciéndola arquear la espalda y gritar de placer.

Ninguno de los dos tenía la suficiente paciencia

para soportar aquella lenta y exquisita tortura, así que él aceleró el ritmo, penetrándola en más profundidad.

Emma no se creía capaz de otro orgasmo, después del anterior, pero sintió que los músculos del vientre se le tensaban. Se mordió el labio inferior y lo animó con sus gemidos y gritos de placer.

–Oh, Emma –rugió él.

Escucharle decir su nombre fue el empujoncito que ella había necesitado. No era su mariposa, ni su amante anónima. Era Emma. La que él deseaba. Y llegó al clímax en ese mismo momento.

Mientra ella gritaba, se retorcía y se arqueaba, Jonah también se rindió. Con un grave gemido, la penetró en profundidad y explotó en su interior.

Sujetándola entre sus brazos, rodó a su lado y se tumbó boca arriba en el colchón. Hubo un largo silencio, teñido solo por respiraciones agitadas y suspiros de satisfacción.

Emma se preguntó si él querría que se fuera pronto de su casa. Pero se acurrucó a su lado, mientras la abrazaba, y empezó a quedarse dormida.

Cuando estaba a punto de caer en brazos de Morfeo, escuchó su voz en el oído.

–Sé que crees que no somos buena pareja y que no podemos formar una familia. Te aseguro que me he esforzado mucho para volverte a tener en mi cama. Y esta vez puede que no quiera dejarte marchar.

Capítulo Nueve

A la mañana siguiente, a Jonah le despertó el sonido de su móvil. Se apartó del cuerpo desnudo de Emma y tomó el teléfono de la mesilla. Era Paul, su asesor financiero. Con todo lo que había pasado en su vida últimamente, no le resultaba difícil olvidarse de que tenía que arreglar el desfalco de su hermano.

–¿Hola?

–¡Ya está! –dijo Paul con tono triunfante–. Ya tienes el dinero en tu cuenta, puedes traspasarlo cuando quieras.

Perfecto. Por supuesto, tenía que hacerlo bajo la atenta inspección de los libros que Emma llevaba a cabo, pero estaba hecho. Si tenía que explicárselo, lo haría. Pero no quería hacerlo hasta que el dinero estuviera de vuelta en su lugar.

–Gracias, Paul. ¿Cuánto me ha costado liquidar pasivos tan rápido?

–Esto... Quizá es una pregunta más apropiada para un día entre semana, en el despacho, donde podamos revisar las cifras.

Eso significaba que le había supuesto una gran pérdida.

–Me aseguraré de pedírselo a Noah con intereses.

–Y podemos recuperar parte de ello cuando reinvirtamos los fondos.

Siempre tan optimista, pensó Jonah.

–De acuerdo, gracias, Paul.

Jonah colgó y frunció el ceño, mirando la pantalla del móvil. Su asesor trabajaba bajo la suposición de que Noah le devolvería el dinero. Él no tenía tanta fe en su hermano. Su madre lo había convertido en un monstruo malcriado que se aprovechaba de la familia.

–¿Va todo bien?

La voz de Emma lo llevó de regreso al presente.

–Sí, no es nada. Negocios.

–Es domingo por la mañana. No es momento para hacer negocios –dijo ella, bostezó y se acurrucó a su lado.

Jonah la rodeó con sus brazos y apretó la mandíbula, tratando de olvidar sus preocupaciones, que no tenían nada que ver con ella.

–Con suerte, podemos volver a dormirnos.

Al principio, le había preocupado que Noah echara a perder el contrato con Town Game. Devolver el dinero que faltaba había sido su prioridad, hasta que había descubierto quién era Emma. Entonces, todo había cambiado. Ella era más que una auditora. Era la madre de su hijo. Era la mujer que le volvía loco con solo tocarlo. Era posible que fuera la mujer de su vida.

¿Qué pensaría ella de lo que había pasado con Noah? Si descubría la verdad, ¿cuestionaría todo el tiempo que habían pasado juntos? ¿Confiaría en él después de saber que la había estado engañando?

Jonah podía estar cerca de perder el contrato con Game Town a causa de Noah, pero no quería ni pensar en perder a Emma. Nunca perdonaría a su hermano por haberle puesto en esa situación. Era lo más parecido al amor que había conocido y no quería que uno de los caprichos de Noah lo estropeara todo.

–¿En qué estás pensando?

–Nada importante. ¿Por qué?

Ella posó la mano en su pecho desnudo.

–Te late el corazón muy deprisa. Da la sensación de que estás disgustado por algo.

No iba a empañar el momento hablando de Noah, se dijo él. Si tenía que contárselo a Emma, lo haría después.

–¿Te das cuenta de que me acabo de despertar con una hermosa mujer desnuda a mi lado? Eso puede acelerar el corazón de cualquier hombre. Además de causar otros efectos.

Emma sonrió.

–¿Quieres decir que tienes ganas otra vez?

–Emma, te haría el amor diez veces al día, si pudiéramos. ¿Te sorprende? No sé por qué.

Ella se sentó en la cama, cubriéndose el pecho con la sábana.

–Un poco. Ya sé que te va a sonar ridículo, pero no estoy acostumbrada a todo esto. Fui a un colegio de monjas y allí fue donde recibí mi educación sexual. Me criaron para ser conservadora. No tanto como para esperar al matrimonio, eso es obvio. Aunque creo que no estoy tan habituada como tú a las noches locas.

–¿Todos los chicos con los que has salido eran unos aburridos?

Emma frunció el ceño.

–Sí, la verdad. Pero supongo que era lo que yo buscaba.

–¿Buscabas a personas aburridas? –preguntó él con incredulidad. No podía imaginar a Emma perdiendo el tiempo con alguien aburrido.

–No, más bien como yo… responsables, respetables. El tipo de hombre que puedes llevar a casa para presentárselo a tus padres.

–¿Lo opuesto a mí?

–¡No! Bueno, no exactamente.

Jonah intentó no sentirse ofendido. Sabía que no era el abogado o el banquero que los padres de Emma habían querido para su hija.

–¿Saben tus padres que estás embarazada?

–No.

–¡Emma! ¿Cómo es posible que no se lo hayas contado?

–Es fácil. Te aseguro que es más sencillo evitar a mis padres que contarles que estoy embarazada de un hombre desconocido. Hasta hace una semana, no sabía quién eras. Mira, mis padres son muy sobreprotectores conmigo. Mi hermana los avergonzó. Cuando ella murió, yo era adolescente y mi madre no dejó de repetirme que no debía cometer los mismos errores que Cynthia. Supongo que, desde entonces, he estado más ocupada en complacerlos que en ser yo misma. Hasta que mi ex no me dijo esas cosas horribles, nunca me había dado permiso a mí misma para rebelarme, aunque hubiera sido solo una noche.

–¡Y mira lo que ha pasado! –exclamó él, bromeando. Sin embargo, por la expresión angustiada de Emma, comprendió que no le hacía ninguna gracia. Él estaba mucho más acostumbrado al escándalo, pero ella se sentía como un pez fuera del agua. Así que decidió cambiar de táctica–. Escucha, Emma, lo siento mucho. No esperaba que tuvieras que sufrir consecuencias por nuestra noche juntos. Sé cómo te sientes…

–¿Cómo puedes saberlo?

–Bueno, te sorprendería saber que mis padres eran muy conservadores y muy estrictos. No me permitían hacer nada. Mis hermanos y yo fuimos enviados a un internado en Inglaterra cuando murió mi padre. Un año después, volví para estudiar en la universidad. Entonces, me di cuenta de que podía vivir mi propia vida y todo cambió. Mi éxito profesional se lo debo, en parte, a mis ideas revolucionarias. No a todo el mundo le sale bien.

–¿Y qué dice tu madre de cómo vives tu vida?

–Protestó mucho al principio. Luego, se dio cuenta de que era un hombre adulto, dueño de mi propia compañía, y me dejó en paz. Solo vuelve a la carga en la cena de Navidad, todos los años.

–No creo que con mis padres fuera tan fácil. Cuando perdieron a Cynthia, yo era lo único que tenían. Nunca he querido decepcionarlos.

Jonah la rodeó de los hombros.

–No sé cómo ibas a decepcionar a nadie.

Emma se acarició el vientre hinchado.

–No va a gustarles lo del bebé. Mi madre lleva años esperando celebrar mi boda por todo lo alto. Cynthia murió antes de poder casarse, así que soy la única oportunidad que le queda de representar el papel de madre de la novia en una lujosa celebración en el Hotel Plaza. No se puede hacer algo así cuando la novia está embarazada. Y, menos aún, si el bebé es resultado de una aventura de una noche y sus padres no desean casarse.

Había muchas cosas relacionadas con el embarazo de Emma que Jonah no había tenido en cuenta. Solo había pensado en cómo la paternidad le afectaría a él. Había sido un estúpido egoísta.

–¿Insistirán tus padres en que nos casemos?

Emma se encogió de hombros.

–Pueden intentarlo, pero no pueden obligarte. Mi padre no tiene armas, así que no corres peligro. Y yo no voy a presionarte, de ninguna manera. Me he quedado embarazada por error. No voy a estropearlo todavía más añadiendo una boda a la ecuación.

Los últimos días que Jonah había pasado con Emma habían cambiado mucho su visión de la vida. Hacía meses, mucho antes de que ella hubiera entrado por la puerta de FlynnSoft, se había dicho a sí mismo que, si encontraba a su mariposa, no la dejaría escapar. Eso no había cambiado cuando había descubierto que Emma era su dama misteriosa. Cuando la miraba, dejaba de imaginarse cambiando de mujer como de camisa. Sí, sin duda, se haría responsable de su hijo pero, por primera vez en la vida, consideraba ser algo más… Quería algo más que su frío y solitario *loft*, sus salidas con incontables bellezas y sus largas jornadas en el trabajo.

La idea de volver a casa cada día para reunirse con su familia le resultaba, de pronto, más atractiva que nunca. Nunca había pensado en tener una familia, quizá porque había seguido siendo un adolescente rebelde de corazón. En el presente, se sentía un adulto con un bebé en camino… las cosas habían cambiado.

Sin embargo, Emma no parecía demasiado entusiasmada con compartir el futuro con él.

–¿No quieres casarte conmigo?

Ella lo miró con los ojos muy abiertos.

–No, no quiero.

Jonah nunca le había pedido a una mujer que se casara con él y, aunque aquello no había sido una proposición de verdad, se sintió un poco ofendido por su rechazo.

–¿Por qué? ¿No soy lo bastante bueno para ser tu marido?

–Claro que es lo bastante bueno. A pesar de que vamos a tener un hijo, apenas nos conocemos, Jonah. Esa es la razón. Hemos aceptado darle tiempo a nuestra relación para ver qué sucede, y me parece bien. Si un día decides que realmente me amas y quieres casarte conmigo, sería por completo diferente. Pero no quiero apresurar las cosas solo porque esté embarazada. Mi madre tendrá que renunciar a su sueño de una gran boda en el Hotel Plaza.

Emma había esperado aclararse las ideas durante el fin de semana y volver el lunes al trabajo lista para zanjar su trabajo en FlynnSoft. En vez de eso, volvió a toparse con una discrepancia en las cuentas. Si sus cálculos eran correctos, alguien se había llevado tres millones de la compañía, sin registrar la pérdida de forma adecuada. El dinero había sido transferido a una cuenta en el extranjero que no tenía nada que ver con FlynnSoft. Parecía un desfalco en toda regla. ¿Pero quién podía ser tan tonto como para robar una suma tan grande de golpe?

Esa era la parte de su trabajo que no le gustaba. Tenía que contarle al director que alguien estaba robándole. Luego, esperaba que el culpable no fuera el mismo Jonah. Él tenía derecho a tomar su propio dinero, al fin y al cabo, la compañía era suya. Pero no sería bueno para su reputación. Y lo peor de todo era que tenía que informar a Game Town, donde sin duda decidirían anular el contrato. La cosa no iba a terminar bien para nadie, a excepción del caradura que se había llevado el dinero.

Con un suspiro, Emma tomó el teléfono para llamar a Mark, uno de sus compañeros en Game Town. Necesitaba consejo acerca de cómo manejar ese asunto, para no comprometer su relación con Jonah. Mark llevaba veinte años siendo auditor y había visto de todo. Sabría qué hacer.

–Hola, Emma –respondió Mark–. ¿Qué tal esos locos de FlynnSoft?

–Es una empresa muy distinta a la nuestra –admitió Emma–. Mira, estoy a punto de terminar, pero me he topado con algo raro que quiero contarte –indicó ella, y le hizo un resumen de la situación–. ¿Crees que debería hablar con el director de FlynnSoft antes de hacer mi informe?

–Puedes hacerlo. Yo lo haría. Es posible que pueda darte una explicación o pruebas con las que no habías contado. Pero, si hay el menor indicio de mala gestión de fondos, tendrás que informar a Game Town. No es asunto tuyo proteger a FlynnSoft.

–Claro –replicó ella con un nudo en el estómago–. Solo quería una segunda opinión. Gracias, Mark.

Colgó y tomó algunos papeles para dirigirse al despacho de Jonah. No lo había visto esa mañana. Intentó no pensar en qué significaba eso. Él le había hablado mucho de su futuro juntos, pero no lo creía. Sonaba bien, eran palabras muy bonitas, ¿pero de verdad él quería eso? ¿O se iría de cabeza detrás de la siguiente rubia guapa que se le pusiera por delante?

Su secretaria, Pam, no estaba en su puesto cuando Emma llegó, así que se fue directa al despacho. Llamó a la puerta.

–Adelante –gritó una voz desde dentro.

Emma entró. En cuanto posó los ojos en ella, Jonah sonrió. Se levantó de su silla y caminó hasta ella. Antes de que pudiera detenerlo, la levantó en sus brazos y la besó apasionadamente.

Ella trató de apartarse. Dio un paso atrás.

–Jonah, por favor.

–Nadie puede vernos en mi despacho, mariposa.

–No me llames así en el trabajo, Jonah. Cualquiera podría entrar y sorprendernos de repente.

Frunciendo el ceño, él se apoyó en la mesa.

–Ya. ¿Pero qué pasaría si trabajaras aquí? ¿Seguirías todo el tiempo tan preocupada?

–¿Qué quieres decir?

–Bueno, ya te he dicho que necesito un nuevo director financiero. Por lo que he visto de ti, creo que serías excelente para el puesto. Además, si trabajaras para mí en vez de para otro, no tendrías que preocuparte porque nos vieran juntos.

No era tan fácil, pensó ella. Cuando la semana pasada le había mencionado su oferta trabajo, había creído que solo había estado bromeando.

–No, solo tendría que preocuparme porque la gente dijera que me acuesto con el jefe.

–Bueno, es lo que has hecho, la verdad –dijo él, sonriendo–. Muchas veces –susurró.

Emma meneó la cabeza. Parecía que él no se tomaba nada en serio.

–Lo digo en serio.

–Y yo –replicó él–. Necesito un director financiero y quiero que aceptes el puesto.

–No pienso hacerlo. La gente murmuraría.

–Mi hermano trabaja aquí. Recoge su paga cada mes y no hace nada. Todo el mundo lo sabe y a nadie le importa. El mundo de los negocios está habituado al nepotismo.

–Sí, pero si seguimos saliendo, si todo el mundo descubre que voy a tener un hijo tuyo… no me gusta. Ya sabes lo que pienso de esas cosas. Para mí, es importante la reputación.

Jonah suspiró.

–De acuerdo. Está bien. No me quieres besar. No quieres trabajar para mí. Supongo que no querrás hacer el amor sobre la mesa de reuniones. Así que dime qué te trae por aquí, Emma Dempsey.

Emma ignoró sus comentarios sexuales e intentó no irritarse porque la hablara así. Sabía que solo quería provocarla.

Se abrazó a los papeles que llevaba en la mano, tratando de centrarse en lo que tenía que decirle, en vez de en sus cálidos ojos azules.

–He terminado mi auditoría.

–Ah, estupendo. Eres muy eficiente, teniendo en cuenta lo mucho que te he distraído. ¿Significa eso que ya pueden vernos en público? ¿O tenemos que esperar a que se cierre el trato con Game Town?

–Bueno, de eso he venido a hablarte. Hay una discrepancia grave en los libros de cuentas.

Jonah frunció el ceño, desvaneciéndose de golpe su expresión divertida.

–¿Qué has encontrado?

–Emma le enseñó las cuentas, donde había subrayado el dinero que faltaba.

–Exactamente, se han sacado tres millones a esta

cuenta en las islas Caimán –indicó ella–. No he podido descubrir a quién pertenece, ni si es la cuenta legítima de alguna empresa.

Jonah asintió, su rostro inusualmente serio. Ojeó las cuentas mientras ella hablaba, sin escucharla. Ella no estaba segura de qué pensar, así que prosiguió, nerviosa.

–¿Sabías algo sobre esto? Esperaba que pudieras tener una explicación.

Él asintió, tenso.

–Tengo una explicación pero, por desgracia, no mejorará las circunstancias. Por favor, siéntate.

Jonah regresó a su escritorio mientras Emma se sentaba en la misma silla que hacía una semana. Muchas cosas habían cambiado desde aquel primer día, aunque estaba igual de nerviosa que entonces.

–¿Hay algo que no haya tenido en cuenta? ¿Es una especie de donación benéfica a alguna organización no gubernamental del Caribe?

Él negó con la cabeza.

–Estoy seguro de que llevamos el registro adecuado de nuestras donaciones benéficas. Tú no has hecho nada mal. La verdad es que mi hermano pequeño, vicepresidente de la empresa, transfirió el dinero a una de sus cuentas privadas. Lo tomó prestado, sin pedir permiso. Un miembro del equipo financiero me lo hizo saber hace días, podía haberlo sacado a la luz, pero tenía la esperanza de resolverlo antes de que nadie se diera cuenta. Hablé con Noah la semana pasada y confirmé mis sospechas.

¿Préstamo sin permiso? Era una forma muy curiosa de referirse a un robo. Ella nunca había conocido a los hermanos de Jonah, pero acababa de averiguar que uno de ellos era un ladrón. El tío de su bebé era un ladrón. Sus padres iban a sufrir un ataque de nervios cuando se enteraran, pensó.

–¿Y?

–Y va a devolverlo todo –aseguró él–. No sé para qué necesitaba el dinero, no se lo pregunté. Pero me juró que lo devolvería en cuanto regresara a Estados Unidos. Ahora, está en el sudeste asiático. Mientras, he depositado dinero suficiente para tapar el agujero que mi hermano ha dejado. Como esta es una compañía privada y no tengo que responder ante ninguna junta directiva, he reparado la pérdida y he optado por no hacer público el desfalco.

–Pero tienes que responder ante el presidente de Game Town –señaló ella–. Cuando le informe de esto, seguro que Carl Bailey se echará atrás en su trato con FlynnSoft. Ya veía tu compañía con recelo por sus prácticas poco ortodoxas. No creo que vaya a estar dispuesto a firmar con alguien que podría perder su dinero.

–No perderemos el dinero de Game Town. Yo lo garantizo.

–¿Cómo puedes hacerlo? –preguntó ella. ¿Acaso pretendía usar su dinero para cubrir cada robo que su hermano o cualquier otra persona perpetrara en la empresa?

–Lo garantizo porque pienso hacerle a mi hermano la vida tan difícil que la próxima vez preferirá cortarse una mano antes que llevarse un penique de FlynnSoft. Cuando haya terminado con él, ni él ni nadie se atreverá siquiera a soñar con robarme.

–Bueno, espero que cuando te reúnas con Carl puedas convencerle de eso.

–Ahí te equivocas. Necesito que tú entiendas que es un asunto privado entre mi hermano y yo, y no quiero que nadie lo sepa. He reparado la pérdida y lo haría otra vez, si fuera necesario.

Sonaba muy bonito, pero Emma no podía quitarse de encima la sensación de que no eran buenas noticias. Creía a Jonah y lo que decía sobre el dinero, pero no le gustaba lo que estaba insinuando.

–¿Me estás pidiendo que no mencione el dinero robado en mi informe?

Jonah la miró a los ojos un momento, como si le estuviera dirigiendo una plegaria silenciosa.

–Puedo enseñarte la confirmación del ingreso, Emma. ¿Te haría eso sentir mejor?

Hasta cierto punto, pensó ella.

–Me gustaría verlo, sí. Así podré incluir en mi informe que los fondos han sido restablecidos. Pero no voy a ayudarte a tapar este asunto. Si alguien lo descubriera, perdería toda credibilidad. Me despedirían. No podría volver a encontrar trabajo en mi especialidad –le espetó ella, y se llevó una mano al vientre con gesto protector–. Mi imparcialidad sería cuestionada cuando se supiera de quién es el bebé. Si alguien sacara a la luz que yo sabía lo del robo y no informé de ello…

–Sabes que no tienes por qué trabajar, Emma. Puedo ocuparme de que no os falte nada a ti ni al bebé.

Ella meneó la cabeza, furiosa.

–Puedes mantener al bebé, si quieres, porque es lo correcto. Yo no quiero sentirme una mantenida. Por favor, no me pidas hacer algo que compromete mi integridad, Jonah.

Con un suspiro, él dejó a un lado los papeles con las

cuentas y se acercó a ella. Ella se dejó abrazar, no sin reticencia.

–No lo haré. Informa de lo que tengas que informar, mariposa. FlynnSoft se recuperará, aunque no cerremos el trato con Game Town.

Emma se apartó y lo miró a los ojos para ver si hablaba en serio.

–¿Estás de acuerdo?

Él asintió con una suave sonrisa llena de calidez.

–Sí. Al final, las cosas son como son. Tú tienes que decir la verdad y yo tengo que reunirme con Carl y explicarle por qué debería confiar en nosotros de todos modos.

Emma respiró aliviada. No le gustaba lo que había descubierto, ni le gustaba que Jonah tuviera que pagar por los errores de otra persona, pero, por suerte, no sería responsabilidad suya.

–Gracias.

–Cuando hayas terminado de escribir ese informe, insisto en que me dejes invitarte a cenar. Podemos ir a cualquier sitio que elijas.

–Sigo sin sentirme cómoda con que nos vean juntos. Primero, quiero entregar el informe y volver a mi trabajo.

–De acuerdo, bien –dijo él–. ¿Y qué te parece si pedimos comida a domicilio, en tu casa?

–Perfecto –respondió ella, sucumbiendo a su abrazo. Con la cabeza apoyada en su pecho, se sentía a salvo. Con suerte, podría seguir estándolo cuando pasara la tormenta que se avecinaba.

Capítulo Diez

Jonah no tenía idea de qué esperar de la casa de Emma. Pero lo que vio le sorprendió de todos modos. Su lado profesional era tan estricto y severo, que pensaba que su casa sería aburrida y ordenada, con un sitio para cada cosa y cada cosa en su sitio. Sin embargo, la decoración era cómoda y llena de personalidad dentro del espacioso piso, inundado por la luz del sol que se colaba por grandes ventanales.

La siguió con una bolsa de comida tailandesa del restaurante de la esquina. Despacio, contempló todo a su alrededor. Los tejidos de las cortinas y la tapicería de los sofás era suave y romántica, con motivos florales y encaje. El mobiliario parecía cómodo, invitaba a sentarse a leer durante horas. La casa tenía un encanto femenino y rústico, delatando más de la verdadera Emma de lo que él había esperado.

–¿Qué pasa?

–Tu casa. No es como esperaba –admitió él, y la siguió a la cocina. Un jarrón con flores multicolor descansaba sobre la mesa blanca.

–¿No hay bastante cromo y cristal para tu gusto? No me van los diseños industriales –confesó ella–. Ya hay bastante de eso en los rascacielos de Manhattan. Cuando compré mi casa, decidí que quería algo acogedor y hogareño.

–Es agradable. Mucho más acogedor que mi casa, lo reconozco. Aunque yo valoro, sobre todo, las cosas prácticas. Aquí, parece que van a salir una gallina y sus pollitos andando por el pasillo en cualquier momento.

–Tonto –le reprendió ella riendo, y colocó la bolsa sobre la mesa–. No tengo mascotas, ni siquiera gallinas. Creo que no lo permitirían los vecinos. Este es un barrio rico, ya lo sabes.

Se sirvieron sus platos y los llevaron al comedor. Cuando terminaron la cena, Jonah tuvo curiosidad por conocer mejor el refugio de Emma, pensando que así la conocería mejor a ella.

–¿Me enseñas el resto de la casa?

–Bueno –dijo ella, encogiéndose de hombros–. No hay mucho más que ver. Dos dormitorios, un baño –indicó, levantándose. Lo guio por el estrecho pasillo y abrió una de las puertas–. Esto solía ser mi despacho. Lo he sacado todo para… el cuarto del bebé.

Claro. Emma pretendía criar a su hijo allí, comprendió él. Entraron juntos en la habitación. Todavía estaba vacía.

–Pensé que era pronto para comprar cosas. He pintado las paredes de gris suave. Me pareció un color lo bastante neutro, tanto para un niño como para una niña.

–Es un cuarto muy pequeño, Emma. El bebé no cabrá aquí en poco tiempo.

–Lo sé –admitió ella con un suspiro–. No compré el piso pensando en criar aquí a un niño. Cuando crezca y necesite más espacio, me mudaré. Quiero ahorrar dinero, mientras pueda. Si mis padres no me han desheredado, quizá me puedan ayudan con la entrada.

A Jonah le molestaba que hablara de su hijo como si no tuviera nada que ver con él.

–Yo podría hacerlo.

–Sí, bueno... tal vez. No estoy acostumbrada a ver así las cosas. Hasta hace una semana, el padre del bebé no formaba parte de la película. No tenía idea de cómo encontrarte, así que tuve que hacer planes yo sola.

–Puede que yo también necesite una casa nueva –comentó él, pensando en voz alta. Su *loft* no tenía paredes. ¿Cómo iba a dormir un bebé sin paredes que bloquearan el ruido?–. Quizá podíamos buscar algo juntos.

Emma se quedó paralizada. Lo miró con ojos como platos.

–¿Quieres que vivamos juntos?

–Bueno... –dijo él. Dicho de esa manera, daba un poco de miedo. Pero así era–. Sí. Si los dos necesitamos una casa más grande, podíamos buscar algo donde quepamos todos. Así, el bebé no tendría que ir de una casa a otra para estar con los dos. Podemos buscar un sitio donde tengas tu propia habitación, si te sientes más cómoda.

Con el corazón acelerado, ella salió al pasillo de nuevo.

–Ya hablaremos de ello. Tenemos tiempo.

–¿Cuándo nacerá el bebé?

–El médico me dijo que salgo que cuentas el veintiuno de noviembre.

Con cada nuevo detalle, el bebé cobraba más y más vida en la mente de Jonah. Ya tenía una fecha a partir de la cual su mundo cambiaría para siempre. Poco antes de las vacaciones de Navidad.

–Parece muy lejano, pero el tiempo pasa deprisa –dijo

ella, y siguió por el pasillo, hasta la última puerta–. Este es mi cuarto.

Entraron en una habitación mucho mayor que la anterior. La cama tenía un cabecero de madera pintado de blanco y una docena de cojines de colores. Un espejo ovalado antiguo, un vestidor y un viejo baúl de cedro a los pies de la cama completaban el mobiliario.

Era un hogar agradable, pero no había sitio para un bebé, un carrito, una silla para comer, una bañera, juguetes y todos los demás accesorios. Era un piso perfecto para una mujer soltera, pero ese ya no era su caso.

–Tenemos que comprar una casa. Tu piso es muy pequeño y el mío es poco práctico. Voy a llamar a la agencia inmobiliaria la semana que viene para empiece a buscarnos algo. ¿Qué zona te gusta?

Emma se giró hacia él.

–Para, Jonah. Todavía no estoy preparada.

–¿No estás preparada para comprar una casa o para que todo el mundo sepa que estamos juntos? –preguntó él, sabiendo la respuesta. Emma y su maldita reputación–. ¿Cuándo lo estarás?

–Cuando se cierre el trato con FlynnSoft. Y cuando se lo digamos a nuestros padres. Entonces, si no nos han matado, podremos contárselo a los demás.

–Yo no puedo esperar. No me gusta esconderme. Estoy acostumbrado a vivir sin tapujos. Quiero poder tocarte siempre que quiera. Quiero poder besarte en público.

Emma suspiró.

–No tendremos que esperar mucho. Hasta entonces, tendrás que aprovechar las oportunidades que surjan.

Jonah se sentó en el borde de la cama. Tenía una

oportunidad delante de las narices, que no pensaba dejar escapar.

–Ven aquí.

Ella se acercó, hasta pararse entre las rodillas de él. Posó las manos en sus hombros y lo miró.

Era una mujer muy hermosa, pensó Jonah. El hecho de que ella no lo creyera la hacía todavía más atractiva. Nada podía ocultar eso.

Él le acarició las piernas y las caderas. Le sacó la blusa de la cintura y deslizó las manos debajo para acariciarle la piel. Ella se estremeció ante su contacto. Cerró los ojos, disfrutando de las sensaciones que la invadían.

Jonah le desabrochó los pantalones, se los bajó hasta el suelo y se los quitó. Luego, la atrajo a su lado, para que sentara en su regazo. Ella se montó a horcajadas sobre él. Uno por uno, él le desabrochó cada botón de la blusa, hasta dejarla solo con un sujetador de encaje color melocotón y las braguitas a juego.

Emma se quitó unas cuantas horquillas del moño, sacudió la cabeza y las ondas de pelo moreno le cayeron por los hombros como una cascada. El aroma de su champú lo invadió, mientras hundía el rostro entre sus pechos.

Ella gimió y enterró los dedos en el pelo de él, apretándolo contra su cuerpo. Jonah le lamió los pezones a través del sujetador de encaje, hasta que el tejido quedó mojado. Entonces, se lo quitó. Le besó cada pecho y le trazó un camino de besos en el esternón.

–¿Por qué llevas tanta ropa si yo estoy desnuda? –preguntó ella con una sonrisa–. Me siento en desventaja.

–Estás mucho más guapa desnuda que yo –replicó él. De inmediato, se quitó la camiseta y la abrazó, apretando sus torsos desnudos antes de unir sus labios en un apasionado beso.

Esa mujer era suya, pensó él. Había cambiado su vida para siempre. Incluso si el trato con Game Town no llegaba a cerrarse, lo único que quería era terminar con Emma a su lado. Esa era la victoria que ansiaba. Ella era su hogar, todo lo que siempre había soñado. No podía perderla.

Emma se colocó sobre su erección con una pícara sonrisa y se levantó sobre las rodillas.

–Ahora.

Obedeciendo gustoso, Jonah se quitó los pantalones. Ella bajó despacio encima de él, tomándolo a un ritmo deliciosamente lento.

–Oh, Emma –gimió él, sintiendo que su calor lo envolvía–. Nunca te dejaré marchar. Nunca.

Emma no quería marcharse. Estaría encantada de quedar con él para siempre. Nunca se había sentido tan conectada con un hombre.

La temperatura aumentaba mientras ella subía y bajaba sobre su erección, el sudor recorriendo sus cuerpos pegados. Jonah la sujetaba con fuerza, cada vez más cerca del clímax. En ese momento, ella casi podía creer que estaban hechos el uno para el otro.

–Ahh, sí. Hermosa mariposa. Llega al orgasmo para mí, cariño.

El ronco susurro en el oído y el cuello hizo que a Emma le recorriera un escalofrío de placer. Se movió más rápido, hasta que se le contrajeron todos los músculos y su cuerpo estalló en un mar de placenteras sensaciones.

Jonah la sostuvo entre sus brazos, susurrándole al oído, mientras el cuerpo de ella se estremecía en deliciosos espasmos. Cuando paró, él la penetró con una última arremetida antes de llegar al éxtasis también. Se tumbó en la cama con un grave gemido, llevándola con él. Tras un momento, ella rodó a su lado y respiró hondo. Él agarró las sábanas y cubrió sus cuerpos, mientras se acurrucaban sobre el acogedor colchón.

Allí tumbada, con al cabeza apoyada en el pecho de Jonah, escuchando su corazón, Emma se preguntó si aquello podía convertirse en algo habitual en su vida. Con la auditoría terminada, pronto sería libre para estar con él. No estaba segura de cómo saldrían las cosas pero, aunque no se casaran, sus padres aceptarían mejor su embarazo si eran pareja. Y si se amaban el uno al otro.

¿Ella lo amaba?

Se había hecho la misma pregunta repetidas veces en los últimos días. En el presente, tumbada entre sus brazos, después de haber hecho el amor con él, era fácil admitir que sí. Lo había querido desde la primera noche. Aunque había tenido miedo de reconocerlo. Amar a un hombre como Jonah le aterrorizaba.

Él era todo lo que ella había creído que debía rechazar. Espontáneo, excitante, rebelde, apasionado… Por alguna razón, siempre había equiparado esas cualidades con irresponsabilidad y peligro. Pero se había equivocado. No necesitaba conformarse con un tipo aburrido. Solo necesitaba a una persona con la que poder contar. Jonah podía ser ese hombre.

Emma estaba feliz entre sus brazos, perdida en sus pensamientos, cuando sonó su móvil. Tuvo la tentación de no responder, pero era del trabajo. Era muy tarde para recibir llamadas de la oficina. Debía de ser algo importante, pensó.

–¿Hola?

–Emma, tenemos un problema –dijo Tim, su jefe, al otro lado de la línea.

De pronto, ella sintió un nudo en el estómago. ¿Cómo podía haber un problema? Ni siquiera había entregado el informe. Se sentó en la cama y se puso la bata.

–¿Qué pasa? –preguntó ella, saliendo del dormitorio. Necesitaba centrarse y no podía hacerlo con Jonah desnudo a su lado.

–He hablado con Mark hace un rato. Me ha contado la conversación que tuviste con él hoy. No me gusta que me hayas pasado por alto en algo tan importante. Deberías haber acudido a mí antes que a nadie.

Ella apretó el puño. Había acudido a su compañero de trabajo en busca de consejo y él la había puesto en evidencia antes de darle tiempo de hacer su trabajo.

–Me dio un consejo y lo he seguido. Le llevaré el informe por la mañana. Quería revisarlo una última vez antes de entregarlo.

–¿Y qué va a decir el informe?

–Dirá que he hablado del problema con Jonah… es decir, el señor Flynn, y que me ha dado una explicación. Tanto la discrepancia en las cuentas como la forma en que FlynnSoft lo ha arreglado quedarán reflejados en el informe, para que el señor Bailey haga lo que considere mejor.

Hubo una larga pausa al otro lado de la línea. Emma sabía que eso no era buena señal. Cuando Tim estaba callado, era porque estaba preparando una andanada desagradable.

–¿Llamas al dueño de FlynnSoft por su nombre de pila, Emma?

Ella tragó saliva, midiendo sus palabras con precaución.

–El ambiente de trabajo en FlynnSoft es muy informal, señor.

–Emma, te envié a ti porque pensaba que tenías sentido común. Debería haber enviado a Mark. Subestimé el encanto del señor Flynn, ahora me doy cuenta.

Ella se quedó perpleja.

–Señor, ¿me está acusando de algo? Le aseguro que mi informe es tan imparcial y exacto como el que habría hecho Mark.

–¿Así que niegas que tengas una relación íntima con el señor Flynn?

¿Debería mentirle?, se dijo ella. No, no podía hacerlo. ¿Cómo podía convencerle que eso no tenía nada que ver?

–No, no puedo negarlo, señor. Pero puedo asegurarle que he hecho mi trabajo sin ninguna tacha.

Tim soltó un improperio.

–¿Es que no ves cómo te ha estado utilizando? Seguro que dirigió a ti todos sus encantos desde el momento en que pusiste un pie en su empresa. ¿Te ofreció una visita guiada al edificio? ¿Te invitó a cenar para darte la bienvenida a la compañía? Sale con modelos y actrices, Emma. Tú eres guapa, ¿pero de veras crees que un hombre como él podría interesarse en una mujer como tú si no quisiera algo a cambio? Estoy seguro de que su plan, desde el principio, fue distraerte para que no descubrieras la discrepancia en los libros. O, si lo hacías, convencerte de que no lo revelaras. Ahora que lo has hecho, te dejará tirada como un trapo viejo.

Sus duras palabras dieron en el objetivo, magullando su autoestima.

–Pero lo he revelado todo –insistió ella–. No entiendo por qué me dice todo esto, cuando ni siquiera he entregado el informe todavía.

–Sí, has sacado a la luz el problema, pero has añadido la recomendación de que siga adelante el trato con Game Town porque Jonah lo ha resuelto de una manera eficaz.

–¿Cómo...? –balbució ella. No había enviado su informe todavía y Tim acababa de citar sus propias palabras.

–Saqué de nuestro servidor el borrador y lo leí después de hablar con Mark. No podía creer lo que estaba leyendo. ¿Habrías actuado de la misma manera si se hubiera tratado de cualquier otra persona, Emma? Dime la verdad.

Emma no podía responder. No lo sabía. Quizá no era tan imparcial como creía. Tal vez, Jonah había logrado salirse con la suya sin que ella siquiera se diera cuenta.

–Has perdido la objetividad, porque te has enamorado, justo como él había planeado. Si no puedes hacer tu trabajo, Emma, no me queda otra opción más que despedirte. Ven mañana para llevarte tus cosas.

Ella no podía creerlo. Era todo lo que había temido desde que había puesto los ojos en Jonah. Había sido precavida, pero el mundo se derrumbaba a su alrededor de todas maneras.

–¿Lo dice en serio? ¿Me despide?

Oyó que la cama crujía y los pasos de Jonah se acercaban por el pasillo. Debía de haberla oído. No podía lidiar con Tim y Jonah al mismo tiempo, se dijo, presa del pánico.

–Sí. Lo siento, Emma –dijo Tim y colgó.

El teléfono se le cayó de la mano al suelo.

Jonah apareció con el torso desnudo. Solo se había puesto los vaqueros.

–¿Te ha despedido?

Pero Emma no respondió. No podía hablar. Las palabras de Tim no dejaban de darle vueltas en la cabeza. Estaba parada y embarazada. ¿Qué iba a hacer? ¿Recurrir al padre de su hijo, el mismo hombre que la había utilizado para cerrar un trato de negocios?

Eso era lo que más la dolía. Ella no era la clase de chica con la que Jonah solía salir. Sin embargo, había intentado salir con ella desde el primer día. Antes de saber quién era, la había invitado a cenar, le había regalado flores y la había embaucado con sus encantos. Quizá, Tim tenía razón. Solo para asegurarse un jugoso contrato.

–Emma, ¿qué te ha dicho? ¿Qué ha pasado? ¿Ha averiguado lo nuestro? Hemos sido muy cuidadosos.

–Jonah, por favor –dijo ella, hundida–. Solo respóndeme una pregunta. Es lo único que quiero escuchar ahora mismo.

Jonah apretó la mandíbula, preocupado, y asintió.

–De acuerdo. ¿Qué quieres saber?

–Antes de saber quién era yo, ¿por qué me perseguías con tanta insistencia? Dime la verdad. ¿Solo fingías estar interesado en mí para distraerme y que no descubriera el desfalco?

–¿Es eso lo que te ha dicho Tim?

–Respóndeme, por favor.

Jonah la miró a los ojos y bajó la mirada.

–Sí.

–Oh, Dios mío –dijo ella con los ojos llenos de lágrimas.

–Emma, no. Escúchame. Esa era mi intención original, es verdad. Quería encandilarte para intentar suavizar las cosas. No quiero mentirte. Pero, una vez que supe quién eras, he sido sincero al cien por cien. Eres mi mariposa y yo…

–No –dijo ella, apartándose cuando intentó abrazarla–. No quiero que me toques ni que me llames así. No puedo soportar pensar que me has utilizado.

–Emma, por favor. Tienes que escucharme.

–No, nada de eso. Lo que tengo que hacer es ir a por mis cosas a la oficina mañana y actualizar mi currículum. Necesito un seguro médico y una forma de mantener a mi hijo.

–Nuestro hijo –la corrigió él.

Emma ni siquiera podía pensar en tener una relación con él como padre de su hijo. Era demasiado doloroso.

–Necesito que te vayas ahora.

Él dio un paso hacia ella, pero ella se apartó de nuevo.

–Te dije que no iba a dejarte escapar y lo decía en serio, Emma.

Sin embargo, Emma no iba a dejarse embaucar de nuevo. La había utilizado, había destruido su carrera y su reputación, solo para salvaguardar un acuerdo de negocios.

–No, Jonah. Quiero que te vayas. Ahora mismo.

Él no siguió discutiendo. Regresó al dormitorio, se vistió y se dirigió a la puerta principal. Ella lo siguió, luchando por contener las lágrimas.

–No era mi intención hacerte daño, Emma –dijo él y salió.

Emma cerró con llave y apoyó la cabeza en la fría puerta, las lágrimas inundándole el rostro.

–Pues lo has hecho –susurró.

Capítulo Once

–Alguien tiene una pinta horrible esta mañana.

Cuando Jonah levantó la vista, su hermano Noah estaba en la puerta de su despacho. Solo de verlo, le hirvió la sangre.

Noah había elegido un mal día para pasarse por allí con una sonrisa en la cara. No había dormido desde hacía días, desde que había discutido con Emma. No podía comer. Y lo peor era que sabía que había actuado mal y no sabía cómo arreglar las cosas. Pero, al menos, haría justicia. Le haría pagar a Noah por haberle puesto en esa situación.

Sin responder, Jonah se levantó. Al ver su cara furiosa, a Noah se le borró la sonrisa de la cara.

Se acercó a su hermano como una pantera sobre una presa acorralada. Había sufrido días de frustración, de desamor, por no mencionar que había perdido millones de dólares por culpa de un estúpido capricho de su hermano.

–Jonah... –dijo Noah, levantando las manos en gesto de rendición–. Deja que te lo explique primero.

–Claro que me lo vas a explicar. Pero lo harás con el labio partido y la nariz rota.

–Venga, Jonah. ¿Me vas a pegar? ¿Qué diría mamá? Voy a verla esta noche. ¿Quieres que tenga aspecto de que nos hemos peleado?

Por lo general, la mención de su madre habría bastado para apaciguar a Jonah. Pero ese día, no.

–No. Quiero que tengas aspecto de que has perdido la pelea.

Asustado, Noah se puso detrás de la mesa de reuniones.

–¿Por qué estás tan enfadado? ¿Se ha caído el trato con Game Town?

–¿Se ha caído el trato con Game Town? –le remedó Jonah con un tono que rozaba el histerismo. No tenía ni de idea de qué había pasado con Game Town, la verdad. No había sabido ni una palabra de ellos desde que Emma lo había echado de su casa el lunes por la noche. Con una carcajada de terror, siguió acercándose–. Esa es la menor de mis preocupaciones ahora mismo, Noah.

Su hermano se quedó perplejo.

–Bueno, espera. De verdad. ¿Qué ha pasado? Hablé con el director de Game Town ayer y me pareció que lo entendía y que seguiría adelante con el trato.

Jonah se quedó paralizado. No podía creer que su hermano hubiera ido a hablar con el señor Bailey sin haber contado con él.

–¿Que has hecho qué?

–Te lo contaré todo si te sientas y prometes no pegarme. Por eso he venido. No soy ningún estúpido.

Jonah lo dudaba mucho, pero le pudo la curiosidad. No podía imaginarse qué le había dicho Noah al señor Bailey para convencerle de que todo estaba bien.

–De acuerdo. Pero no prometo no pegarte.

–Bien –dijo Noah–. Por favor, siéntate y déjame hablar.

Sin quitarle el ojo de encima a su hermano, Jonah volvió a su escritorio y se sentó.

Noah tomó asiento en la silla de invitados.

–Habla.

–Volví de Tailandia hace dos días –explicó Noah–. Me pasé el primer día en la cama con *jet lag*. Al día siguiente, Melody me llamó y me contó que se rumoreaba que el trato con Game Town podía no cerrarse por culpa mía, por lo del dinero. Me sentí tan mal que fui a Game Town y hablé con el jefe en persona.

Jonah frunció el ceño con incredulidad. Noah Flynn no destacaba por tener iniciativa, precisamente.

–Le expliqué para qué era el dinero y le dije que se había debido a unas circunstancias extraordinarias que no volverían a repetirse.

Jonah estaba cada vez más furioso.

–¿Y para qué era el dinero, Noah?

–Para pagar un rescate.

Bueno, eso sí que Jonah no se lo había esperado.

–¿Un rescate? ¿Para quién?

–Para mi hijo.

–¿Qué hijo? No tienes ningún hijo –repuso Jonah, cada vez más perplejo.

Noah suspiró.

–Hace un año y medio, conocí a una doctora llamada Reagan Hardy, en un evento benéfico. Pasamos una semana juntos, pero Médicos sin Fronteras la envió al sudeste asiático y tuvimos que separarnos. Después de haberse ido, ella se enteró de que estaba embarazada y no me lo dijo. Como ocupaba un puesto importante en su organización, era uno de los objetivos de la mafia tailandesa. Secuestraron a Kai de la clínica donde ella trabajaba. Yo no sabía nada de la existencia del niño, hasta que Reagan me llamó y me pidió ayuda. Le pedían tres millones de dólares en siete días, o matarían a Kai. Le dijeron que, si contactaba con la policía o se lo decía a alguien, matarían al niño también. Yo tenía que actuar rápido, así que tomé el dinero y me fui a Tailandia. Siento haberte causado problemas, pero no me arrepiento de lo que he hecho. Lo haría de nuevo, si fuera necesario.

De alguna manera, pensar que su sobrino había estado secuestrado por criminales hizo que todo lo demás le pareciera trivial a Jonah.

–¿Qué pasó?

–Pagué el rescate y devolvieron al niño sano y salvo. La policía agarró a los raptores al día siguiente y recuperamos la mayoría del dinero. Así que voy a devolverlo, como prometí. Cuando se lo conté a Carl Bailey, fue muy comprensivo. No es la clase de cosa que pase a menudo. Me dijo que, dadas las circunstancias, no nos lo tendría en cuenta. ¿Es que ha cambiado de opinión?

Jonah meneó la cabeza.

–No lo sé. No he hablado con ellos. Llegados a este punto, la verdad es que no me importa.

Noah observó a su hermano con curiosidad.

–El tipo que casi me golpea hace unos minutos se ha calmado, bien. Si no estás enfadado por lo de Game Town, ¿entonces qué te pasa?

Jonah no sabía por dónde empezar. ¿Cómo explicar lo que sentía por Emma y cómo la había perdido?

–Es por una mujer –adivinó Noah.

¿Tan obvio era?

–Ya no importa, Noah. Era la auditora enviada por Game Town y perdió su trabajo por mi culpa.

–Seguro que puedes ayudarla a encontrar otro empleo. Diablos, puedes contratarla tú.

Jonah meneó la cabeza. Sabía que Emma se negaría.

–No lo aceptará. Su reputación era lo más importante para ella y yo lo he echado todo a perder. Ella era la mujer de mis sueños, Noah. La amo. Está embarazada de mi hijo. Y la mentí para intentar salvaguardar un trato de negocios.

–¿Es la misma de la fiesta de carnaval? ¿La del tatuaje?

Jonah asintió, hundido.

–Bueno, pues tienes que arreglarlo.

Jonah frunció el ceño. A su hermano, todo le parecía fácil. Hasta el secuestro de un niño era algo que no le amedrentaba.

–¿Cómo? No se por dónde empezar. No creo que quiera nada conmigo.

–Pero eso no significa que no pueda cambiar de opinión. Dices que la reputación es importante para ella. Pues da la cara por ella. Habla con su jefe, dile que no fue culpa suya y que le devuelva su empleo. Acepta tu responsabilidad y arregla las cosas.

Sonaba bien, ¿pero sería suficiente?

–¿Y si ella no me perdona? ¿Y si no quiere volver conmigo?

–Entonces, tendrás que contentarte pensando que hiciste todo lo que pudiste.

Por una vez, Jonah tuvo que admitir que Noah tenía razón.

–A menos, claro, que estés preparado para dar el gran paso.

–¿Gran paso? –preguntó Jonah, arqueando las cejas.

Noah levantó la mano y le mostró su alianza.

–Me refiero a darlo todo. A restablecer su reputación en el trabajo y, también, en lo personal, declarándole tu amor y pidiéndole que se case contigo. Si tanto le preocupa lo que piensen de ella en el aspecto profesional, ¿qué le parece tener un hijo fuera del matrimonio?

–Ya le he pedido que se case conmigo. Me dijo que no.

–Pues pídeselo otra vez. Y no por el bebé, sino porque la amas y quieres pasar el resto de tu vida con ella.

De nuevo, Noah tenía razón. Sin decir más, Jonah buscó unos números en el ordenador. Tenía que hacer unas cuantas llamadas para arreglar las cosas.

–¿A quién llamas? –preguntó Noah.

–A todos.

Emma no se había quitado el pijama en tres días, ni se había lavado el pelo. No lograba reunir el entusiasmo necesario para salir de casa. ¿Qué importaba? No tenía adónde ir. Estaba desempleada, soltera, embarazada y deprimida.

Sonó su teléfono, pero lo ignoró. Pensó que serían Harper, Violet o Lucy. Sin duda, acabarían presentándose en su casa. Violet tenía una llave, así que no podía impedírselo.

Pero no le importaba. Nada tenía sentido. Aunque, antes o después, sabía que tenía que recomponerse y retomar su vida. Tenía facturas que pagar y, pronto, tendría también un bebé a quien alimentar. Podía pedirle dinero a sus padres, pero eso significaría confesarles cómo había metido la pata. Y no estaba preparada.

Había estado buscando empleo por internet. Esperaba poder encontrar algo antes de que se corriera la voz de la razón por la que había sido despedida. Sabía que, cuando llamaran a Game Town para pedirle referencias, sabrían que había sido despedida por negligencia. Pero eso era mejor que los rumores que se extendían como la pólvora. Para colmo, dentro de poco, no habría manera de ocultar su embarazo.

Por el momento, no había visto nada interesante. A excepción de un puesto de director financiero en FlynnSoft. Era un trabajo jugoso e interesante, pero no podría soportar convivir con Jonah a diario en la oficina. Estaba bien cualificada para el empleo, pero esa puerta estaba cerrada para ella. Prefería ganarse la vida como cajera de un supermercado antes que volver a él para que le diera trabajo.

George y Pauline Dempsey tendrían un ataque al corazón si la veían trabajando de cajera, embarazada y soltera. Pero lo haría de todas maneras. Porque le quedaba su orgullo y tenía que mantener a su hijo.

Emma estaba pensando en cenar helado cuando el teléfono sonó otra vez. Era el número de Tim. Frunció el ceño. ¿Por qué iba a llamarla Tim? Se había llevado ya todo de su despacho. Si él creía que iba a responder preguntas sobre su informe después de haberla despedido, estaba muy equivocado.

–¡Emma! Soy Tim.

–Ya lo sé.

–¿Tienes un segundo para hablar?

Emma suspiró.

–En realidad, no. Tengo una entrevista de trabajo mañana por la mañana y debo recoger una ropa de la tintorería antes de que cierre –mintió ella. Todavía no había enviado su currículum a ninguna parte.

–Bueno, entonces, seré breve. La verdad es que pensó que me precipité al despedirte. Me molestó que me hubieras dejado fuera y me pasé de la raya. No debería haberte echado por eso.

Emma se sentó en el sofá, despacio. ¿Tim se estaba disculpando? Eso sí que era raro.

–Me alegro de que lo reconozca –repuso ella, sin saber qué más decir.

–Las cosas han sido muy caóticas en los últimos días. Creo que subestimé lo mucho que nos ayudabas con tu trabajo. He cometido un terrible error. Me gustaría que volvieras, Emma.

Ella se quedó boquiabierta.

–¿En serio?

–Sí. No debería haberte culpado por las acciones de Flynn. Es un hombre muy persuasivo y carismático. Pero tú cumpliste mis instrucciones al pie de la letra.

Emma se quedó callada. Tim parecía haberse convertido en otra persona.

–¿Jonah ha hablado con usted para que me devuelva mi puesto?

Hubo un largo silencio al otro lado.

–Sí –admitió él al fin–. Vino a la oficina en persona

esta mañana. Me explicó lo del secuestro y la discrepancia en las cuentas.

–¿Qué secuestro?

–El sobrino de Flynn. Para eso eran los tres millones. ¿No te lo ha contado? Dijo que todo había sido culpa suya, que te presionó contra tu voluntad y que he sido un maldito idiota por dejarte marchar.

–¿Un maldito idiota? –repitió ella, sin poder digerir toda esa información. ¿El sobrino de Jonah había sido secuestrado? ¿Qué sobrino?

–Sí. Eso me dijo. Y, como no quiero ser un maldito idiota, decidí llamarte y pedirte que volvieras. ¿Qué dices, Emma?

Ella no sabía qué decir. Estaba anonadada. No había tenido noticias de Jonah desde que lo había echado de su casa. No había esperado saber nada de él hasta que el bebé hubiera nacido.

Quizá, Jonah había hablado en serio ese día.

Emma había creído que habían sido solo excusas. Pero, si había sido sincero… Si de verdad ella le importaba…

Jonah había hecho lo posible para arreglar las cosas, porque sabía que para ella era importante su reputación. Sin embargo, en ese momento, nada le parecía tan prioritario como su futuro con Jonah.

–¿Emma?

–¿Qué? –dijo ella, saliendo de sus pensamientos.

–¿Vas a volver? –repitió Tim.

Ella lo pensó un momento, pero ya sabía la respuesta.

–No, gracias. Agradezco la oferta, pero creo que es hora de que cambie de rumbo. Buena suerte. Adiós.

Nada más colgar, Emma sintió que el pánico se apoderaba de ella. Acababa de rechazar un buen trabajo. ¿En qué diablos había estado pensando?

¿Creía que no lo necesitaba porque Jonah la amaba y quería volver con ella? Había apostado muy fuerte. Tal vez, él solo quería ser amable. O arreglar sus errores.

El timbre de su puerta la sobresaltó. ¿Es que no podían dejarla en paz? Como suponía, al mirar por la mirilla, vio a Harper y a Lucy.

–¿Qué queréis? –gritó ella, a través de la puerta cerrada.

–¿Qué queremos? Es martes por la tarde –repuso Harper–. ¿Qué crees que queremos?

–Te he llamado tres veces hoy, Emma. Si hubieras respondido, esto no sería una sorpresa. ¡Hoy es nuestra noche de chicas! –le recordó Lucy.

Emma se había olvidado por completo de su cita semanal. Abrió la puerta.

–Lo siento. Creo que he perdido la noción del tiempo.

–Ya lo veo –comentó Harper, posando los ojos en su pijama y en su pelo revuelto–. Por suerte, Lucy se ha ocupado de comprar comida, así que no nos moriremos de hambre.

–No sé si estoy de humor para esto hoy, chicas.

–Bueno, peor para ti –repuso Lucy–. No pienso perderme el capítulo de hoy de nuestra serie favorita –añadió, y se dirigió a la cocina con la comida.

Al parecer, las chicas se quedaban, le gustara o no, pensó Emma.

–Voy a limpiar un poco mientras preparáis los platos.

Recogió del suelo pañuelos usados y envases vacíos de chocolatinas antes de dirigirse al baño para una ducha rápida. Cuando salió, la cena estaba lista.

Emma probó la comida griega, saboreando por primera vez en días algo decente. Tardó un momento en darse cuenta de que sus amigas estaban observándola con gesto expectante.

–¿Dónde está Violet? –preguntó ella, tratando de enfocar la conversación por otros derroteros.

–Está con gripe –explicó Harper–. Pero lo que queremos saber es qué pasa contigo y con Jonah.

Emma les contó lo de la llamada de Tim y cómo había rechazado su oferta.

–Buena chica –opinó Harper–. Tim se merece sufrir por haberte tratado así. Seguro que está agobiado tratando de ocuparse de todo lo que hacías tú.

Emma no estaba tan segura de haber hecho bien.

–¿Crees que he hecho lo correcto? ¿Qué diablos voy a hacer ahora? Necesito trabajar.

Harper asintió con un brillo en los ojos que hizo que Emma se sintiera incómoda.

–Claro que tienes que trabajar. Y yo tengo el trabajo perfecto para ti.

Capítulo Doce

Jonah miró la cajita de la joyería que tenía sobre la mesa. Había aclarado las cosas con Tim y esperaba que Emma hubiera recuperado su trabajo. Había hablado con Carl Bailey y, como Noah le había dicho, todo iba viento en popa con su trato con Game Town. Todo estaba arreglado, menos una cosa.

Esa noche, iría a ver a Emma a su casa. Le rogaría que lo perdonara, le juraría que la amaba y le mostraría el anillo de compromiso que le había comprado el día anterior. Le pediría que se casara con él y, con suerte, la última pieza del puzle encajaría en su lugar.

Diablos, hasta se había puesto traje de chaqueta para la ocasión. Era un Armani clásico con corbata de seda verde, del mismo color que los ojos de ella. Todos sus empleados se habían reído de él al verlo así.

Alguien llamó a la puerta de su despacho. Jonah se guardó la cajita del anillo en el bolsillo.

–Adelante.

Pam asomó la cabeza por la puerta.

–Tengo aquí los currículum para la oferta de trabajo.

Jonah se había olvidado de eso. Había quedado en entrevistar a tres candidatos para el puesto de director financiero.

–Hoy es el gran día, ¿verdad? –comentó Pam, tras entregarle los papeles.

Jonah asintió. Pam había sido quien había llamado a Tiffany´s para pedir una cita privada para elegir el anillo. Se había asegurado de tener su traje preparado para que pudiera ponérselo.

–Le va a encantar –aseguró la secretaria–. No estés nervioso.

–No estoy nervioso –mintió él.

–Claro. Solo tienes que hacer un par de entrevistas y podrás irte. El primer candidato llegará enseguida.

Jonah agarró su taza de café, tratando de pensar un par de preguntas inteligentes que hacerle al candidato. Después del escándalo de Noah, tenía que elegir a alguien capaz y de confianza para el puesto de director financiero.

Tomó el primer currículum y el café se le salió de la boca al leer el nombre de la candidata.

Emma Dempsey.

No se había esperado que ella se presentara para el puesto, a pesar de que él se lo había ofrecido en dos ocasiones.

Intentó concentrarse en su experiencia laboral y en su educación, pero solo podía pensar en que iba a verla. En su despacho. Tenía el anillo en el bolsillo. ¿Podía contenerse para no dárselo durante toda la entrevista?

¿Y cómo era posible que nadie le hubiera avisado de que Emma era una de los candidatas? Pam tenía que haberlo sabido.

Alguien volvió a llamar a la puerta.

–Adelante –dijo él, poniéndose en pie.

Pam abrió la puerta con una pícara sonrisa. Detrás de ella, estaba Emma. Aunque parecía otra persona. No había rastro de su moño, ni de sus formales trajes. Llevaba el pelo suelto y unos pantalones vaqueros ajustados con bailarinas y una camiseta con una rebeca color azul.

Estaba muy guapa, pensó él, ansiando acariciarle el pelo con los dedos. Sin embargo, aquello era una entrevista de trabajo y, sin duda, Emma querría que fuera lo más profesional posible.

–Jonah, esta es tu primera candidata, Emma Dempsey –anunció Pam con una sonrisa, antes de irse y cerrar la puerta.

–Hola, señorita Dempsey.

–Llámame Emma, por favor –repuso ella con una sonrisa, y le estrechó la mano.

Jonah tuvo que hacer un esfuerzo para soltarla.

–Por favor, toma asiento –indicó él.

Entonces, Jonah agarró su currículum e intentó pensar en algo que decir. Decidió actuar como si no se hubieran conocido antes.

–Bueno, Emma, cuéntame por qué quieres este puesto en FlynnSoft.

–Hace poco, tuve la oportunidad de trabajar en FlynnSoft como parte de una auditoría que me encargó mi anterior jefe. No estaba acostumbrada a un entorno laboral como este pero, después de un tiempo, aprendí a apreciar lo que FlynnSoft ofrece a sus empleados.

–¿Y eso qué es?

–Libertad para trabajar a su propio ritmo en proyectos que les entusiasman. Todas las herramientas que necesitan para hacer su trabajo. Tiempo y espacios de ocio para recargar energías. También, me gusta que el director se preocupa por sus empleados. Al principio, pensé que lo hacía solo por el dinero, pero luego comprendí que todo lo hace pensando en la gente que depende de él.

–Entonces, ¿entiendes que, a pesar de todo, él solo intentaba proteger a sus empleados?

Emma asintió.

–¿Y te das cuenta de que nunca habría hecho daño a uno de los trabajadores, incluso aunque hubiera sido una auditora externa?

Emma lo miró con sus inmensos ojos verdes vacíos de rencor.

–Sí. Ahora me doy cuenta.

Jonah quiso cantar y dar gracias al cielo por su suerte, pero se contuvo. Aún, no.

–De acuerdo. Buena respuesta. ¿Qué cualidades crees que puedes ofrecerle a FlynnSoft?

Emma sonrió.

–Bueno, soy muy organizada. Soy profesional, pero también sé cuándo soltarme el pelo. Creo que, con mi experiencia, soy la candidata adecuada para el departamento financiero. Además, también soy capaz de mantener a raya al presidente de la compañía.

–¿No me digas? –preguntó él, arqueando las cejas.

–Sí. Tiene cierta debilidad que puedo explotar cuando sea necesario.

–¿Qué clase de debilidad?

Emma sonrió.

–Yo. Resulta que el director de FlynnSoft tiene debilidad por mí.

Jonah se inclinó hacia ella.

–Eso es verdad. Puedes negociar el sueldo que quieras, gracias a eso.

–Me interesa tener una larga baja por maternidad,

horarios flexibles y poder trabajar desde casa. Si mi despacho es lo bastante grande, me gustaría poder traer a mi hija conmigo algunas veces.

Jonah abrió la boca, pero se había quedado sin palabras. ¿Hija?

Emma sacó un foto en blanco y negro de su maletín. Era una ecografía 3D detallada.

–Me dijo el médico que, sin duda, es una niña.

En el momento en que había visto la ecografía, Jonah no había podido seguir en su papel de jefe. Los ojos se le habían llenado de ternura. Y de lágrimas.

Él miró la imagen unos momentos, antes de dejarla sobre la mesa.

–Estoy seguro de que podemos arreglar lo necesario para que traigas a nuestra hija a la oficina. Echaré a Noah de su despacho y lo convertiremos en una guardería.

Con una sonrisa, él se levantó y se acercó, hasta ponerse delante de ella.

–Te amo, Emma. Te he echado de menos. Siento mucho haberte hecho daño. Nunca fue mi intención.

Emma le dio la mano, apretándosela con ternura.

–Lo sé. Yo también te quiero. Y también lo siento.

–¿Qué sientes? No has hecho nada mal –replicó él, frunciendo el ceño.

–Sí, sí lo hice. Dejé que mi preocupación por lo que pensaran los demás me impidiera quererte como deseaba. Tú me has ayudado a aceptarme como soy y a comprender que lo que piensen los demás no es asunto mío. Solo me importa lo que quiero. Y quiero vivir contigo. Quiero formar una familia contigo, no me importa si nos casamos o no.

Emma solo quería compartir su vida con Jonah. Quería amarlo y estar a su lado, nada más.

Nervioso, Jonah se sacó algo del bolsillo y se arrodilló.

–Jonah…

Él le mostró una cajita azul de joyería.

–Sé que me dijiste que no querías casarte conmigo la primera vez que te lo pedí. Me dijiste que, si algún día me enamoraba de ti, te lo pensarías –comenzó a decir él, frotándole la mano con el pulgar. Entonces, abrió la cajita y sacó un anillo de esmeralda rodeado de pequeños diamantes–. Espero que lo hayas pensado mejor, Emma. Sé que no hemos tenido mucho tiempo para conocernos, pero una semana sin ti me ha enseñado lo mucho que te quiero. Y deseo que seas mi mujer –afirmó, la miró a los ojos y tragó saliva–. ¿Quieres casarte conmigo, Emma?

–Sí, Jonah. Claro que sí –respondió ella con lágrimas de emoción.

Feliz, Jonah la besó. Luego, le puso el anillo en el dedo.

Emma admiró la delicada joya y sus brillantes piedras preciosas antes de posar los ojos de nuevo en su prometido.

–Gracias, Jonah. Eres increíble. Y soy muy afortunada de haberte conocido.

–El afortunado soy yo, mariposa.

Emma zanjó la discusión con un beso. De alguna manera, a pesar de que lo había tenido todo en contra, el destino había sido bondadoso con ellos. A veces, las decisiones difíciles en la vida conllevaban grandes recompensas. Y su premio era casarse con el hombre más maravilloso que había conocido.

Un timbre sonó en su escritorio, desde el ordenador.

–Maldición –dijo él, y se miró el reloj.

–¿Qué pasa?

–Bueno, nada de esto tenía que pasar hasta esta noche, en tu casa. No esperaba que vinieras por aquí hoy.

Emma no le contaría que había conseguido que Pam le prometiera secreto absoluto.

–¿Y?

–Eres mi primera entrevistada del día. Tengo dos más en la cola. ¿Por qué no te puso Pam la última? Quiero llevarte a casa y hacerte el amor.

Emma rio, apartándose un poco de su abrazo.

–Bueno, pues tendrás que esperar, Jonah Flynn. Aunque te cases conmigo, seguirás necesitando un director financiero.

–¿Quieres decir que no quieres el puesto? –preguntó él, frunciendo el ceño.

–¡Claro que lo quiero! Pero quiero conseguirlo de forma justa.

–¿Vas a hacerme entrevistar a las demás personas, a pesar de que sabes que pienso contratarte a ti?

–Sí. Y, si me contratas a mí, más te vale que sea porque soy la más cualificada –le advirtió ella, tocándole el pecho con la punta del dedo.

Jonah asintió, sabiendo que no merecía la pena discutir. Se levantó y le tendió una mano.

–Bueno, gracias por venir hoy, Emma. Pam te acompañará a recursos humanos. Supongo que tendrás que rellenar un formulario y podrán responderte cualquier pregunta que tengas sobre el salario o la compañía.

Emma sonrió, se levantó, le estrechó la mano y recogió su maletín.

–Gracias por su tiempo, señor Flynn. ¿Cuándo tendré noticias sobre su decisión?

Todavía sujetándola de la mano, él se inclinó para hablarla al oído.

–Estaré en tu casa a las seis.